一个华侨家族的侧影

刘登翰 著

海峡出版发行集团
海峡文艺出版社

图书在版编目(CIP)数据

一个华侨家族的侧影/刘登翰著. —福州:海峡文艺出版社,2023.6(2024.7 重印)
ISBN 978-7-5550-3335-6

Ⅰ.①一… Ⅱ.①刘… Ⅲ.①散文集－中国－当代 Ⅳ.①I267

中国国家版本馆 CIP 数据核字(2023)第 077273 号

一个华侨家族的侧影

刘登翰 著

出 版 人	林　滨	
责任编辑	张琳琳	
出版发行	海峡文艺出版社	
经　　销	福建新华发行(集团)有限责任公司	
社　　址	福州市东水路 76 号 14 层	
发 行 部	0591－87536797	
印　　刷	福州力人彩印有限公司	
厂　　址	福州市晋安区新店镇健康村西庄 580 号 9 栋	
开　　本	720 毫米×1010 毫米　1/16	
字　　数	131 千字	
印　　张	11.5	
版　　次	2023 年 6 月第 1 版	
印　　次	2024 年 7 月第 2 次印刷	
书　　号	ISBN 978-7-5550-3335-6	
定　　价	49.80 元	

如发现印装质量问题,请寄承印厂调换

序一

家史、宗族史，更是心灵史

——序刘登翰《一个华侨家族的侧影》

谢 冕

相遇是缘分，相知要用一生的时间。刘登翰记得，我是在北大首先迎接他的人。1956年，一个秋阳灿烂的日子，刘登翰来北大报到。我在中文系新生的名册中寻找那个叫作刘登翰的人——因为我知道，他是一名记者，热爱文学，而且写诗。登翰来自厦门，我们是大同乡，又有共同的爱好，见面自是欣喜。虽然不是同一年级，因为志趣相近，交往日深，渐成知交。说是百花时代，却是连绵的秋风秋雨。开始是"大跃进""向科学进军"，接着是没完没了的大批判、下乡、下厂劳动、思想改造。岁月无情，我们很快就到了离别的日子。登翰毕业，去向未明，前路茫茫。我刚毕业就被安排下放。风雨飘摇中，来日不可知，彼此心有戚戚。于是有了我和登翰的斋堂川惜别之聚会，此乃后话。

北大期间，我们一起进了北大诗社，在《红楼》又成了文友。后来六人集体写《新诗发展概况》，又在和平里《诗刊》借来的中国作协宿舍"并肩战斗"了一个寒假。这些经历，更为我们的了解和深知奠定了基础。十年动乱的岁月，我们不愿回首，知道在各自的经历中都有难言之痛。所幸苍天怜我，劫后重逢，在各自不同的场合，我们又为中国新诗的复兴和进步一起呼吁。我们不仅是学术上的同道，更是心灵上的挚友。

登翰近期完成了他的家族史的写作。他以单篇散文组合的方式，把一个华侨家庭和家族的历史做成了一本大书。登翰文笔清丽，记叙简洁，加上他长于记忆，又做了扎实的案头工作，检索相关文史资料，从一个家庭的兴衰聚散，到一支族系的迁徙繁衍，他都有客观而翔实的叙说。先辈们涉洋"过番"，在远离祖邦的异国他乡艰难创业，筚路蓝缕，山海空茫，在他的笔下均广阔而充分地展开。这些人们其间的步履维艰，漂泊行踪，歧路荆棘，每一字都是汗水和泪水浸染而成。我阅读这些文字，从广阔的空间领悟到他们的迷惘和渺茫，又从叙述之细微处得到感同身受的酸楚与疼痛。作为读者，我于是悟到，以散文组合的方式同样可以成史。此种方式阅读起来，可能令读者更易于贴近人的心灵，从而唤起更广阔的共鸣。

在中国，我们的家乡福建是个独特的省份。濒临东海，面对台湾，自北而南，海岸线延伸全境。境内多山，少平原，加上终年海风的袭击，农作物并非它的长项，它不是农业大省。裸露在风沙中的贫瘠的土地，只能种些番薯和杂粮，有水稻，但产量低，基本上难以养活自己。福建子弟为了谋生，多半远离家乡，"过番"到了遥远的"南洋"。山东人闯关东，福建人下南洋。为了谋生，乡亲们在外边辛苦劳作，也促进了侨居地的开发和发展。他们在国外开垦、种植、营商。无尽的漂泊，艰辛的劳动，把辛苦挣来的钱积攒起来，寄回家乡，用以敬老育幼。有了实力，他们就兴办教育，传授知识，使后代成为有教养的人。侨领陈嘉庚就是其中之一，他平生省吃俭用，以血汗换来的金钱在家乡兴办教育。包括集美学村和厦门大学，都是他伟大的创造和贡献。

漂泊四海的福建人，为了谋生，把妻儿留在家乡，只身在外奋斗吃苦，使很多的家庭成为"空巢"。很多的家庭，因为男人常年在外谋生，留下父母妻儿守着空房，造成了无数的家族悲剧。登翰书中展现的，仅是福建万千家庭中的一个"侧影"，但却也是一幕幕惊心动魄的家庭悲剧的书写。登翰借此以倾吐内心的积郁和伤怀。因为我不习惯电子文本的阅读，只是零星片段地读他通过电邮发来的书稿。我最早接触到的是他写海轮上送别父亲的《鹭江道，那朵远去的云》。单是这一篇，单是这短短的生离死别的几页纸，作者向我们诉说了生命中永远的伤痛。在这里，登翰非常节制地使用他的笔墨，他没有渲染悲情，甚至非常冷静地回述这个令人哀痛的画面——少年不知愁苦，少年不知此别乃是永远的痛！

在北大，我知道登翰在厦门中山路上有一居所。我们也知道那里生活着一生凄苦地养育他们兄弟的母亲。正是这窄窄的空间，登翰在那里开始了他艰难的人生。我们相交多年，甚至不知道这个家庭和亲人曾经的受苦和永别，日后竟成了生存的"障碍"。那年他以出色的才华毕业回到家乡，分配工作的方案迟迟定不下来，他为此不安。后来得知，他的毕业分配表上写着"海外关系复杂"的判语。为此，登翰以北大高才生的资格被打入另册：他被分配到福建一个偏远地区的中专任教，一去就是二十年。因为"复杂"二字，他甚至为此丧失了最初的恋情。这一切，登翰从未向我们透露过。作为朋友，我十分内疚与自责，我未曾在他艰难时为他分担些毫！他只把镇定和雍容的微笑留给我们。他只是让自己独自默默地承受着家庭和宗族的遭遇给他带来的"重压"。他的这些经历，我只是这次在文稿的缝隙中零星得知。

登翰是一个内心非常强大的人。他能够独立承受巨大的生存压力，包括歧视、伤害，甚至包括屈辱。他没有向人倾诉这不公的遭遇。他对这种不公的"视若无睹"，足以证实他内心的坚定和自信，他的承受与内敛的能力足以抵抗来自外界癫狂的暴戾！论年龄，我比登翰年长几岁，但我们是同代人。登翰书中写的，我都能感同身受。早年的忧患，成长的艰难，连绵的战乱，无声的歧视与伤害。他曾经家住和就读风景优美的鼓浪屿，但是鼓浪屿也好，中山路也好，也都丧失了原先的模样。

登翰的家族是一个庞大的华侨家族。他们在客居国开发土地、创造财富、传播文明。但他们都是爱国者。他们中的许多人，包括登翰的父亲，都埋骨于异邦。我看到他去菲律宾扫墓的全家照，家族亲和美满，非常地感人。但是这背后却有说不尽的凄苦和别离，甚至在特殊的年代，遭到猜疑和不公的对待。出身华侨家族的登翰，他的心灵所受的创伤是不可言说的。但是他和他远走南洋的家人都是真正的和真实的爱国者。

登翰书中写的，以及他有意略去而不曾写的，其实就是一部真诚的爱国青年（直至如今的暮年）战胜磨难的心灵史。登翰写出了一本家史，一本宗族史，就他个人而言，我以为他是写出了一部心灵史。他把内心的复杂和悲凉放置于人们觉察不到的暗处，而把明亮的色彩，以及内心的坚定与热爱展开在我们面前。在我们的心目中，登翰就是永远地爱着、恋着、前进着的华侨家族的热血子弟。他无愧于他的家族和他的亲人，当然，他也无愧于他的世代长于斯、耕于斯、钟情于斯的中华祖邦。

2023年2月16日完稿于北京昌平。这篇文字始于壬寅而终于癸卯。这期间，正是中国大陆结束长达三年的疫情肆虐，从而恢复正常生活的、可纪念的日子。

（谢冕，福建福州人，1932年生，文艺评论家、诗人、作家。北京大学中文系教授，现任北京大学中国诗歌研究院名誉院长、北京大学中国新诗研究所所长，北京文艺评论家协会主席、北京作家协会名誉主席、中国作家协会全国委员会名誉委员，兼任诗歌理论刊物《诗探索》及《新诗评论》主编。著有《中国新诗史略》《湖岸诗评》《共和国的星光》《文学的绿色革命》《论二十世纪中国文学》等。）

序二

失去的，和寻找到的

——读《一个华侨家族的侧影》的感想

洪子诚

登翰《一个华侨家族的侧影》（以下简称《侧影》）的这些文字，在写作过程中我就陆续读到；这次结集又重读一遍。谢冕说得很好，它是家史、家族史，更是心灵史。登翰用清丽、深情的文笔，写一个家庭、家族在大历史中的兴衰聚散，祖辈和父辈在异国的歧路荆棘、艰难创业，写母亲在艰难竭蹶中对亲人的思念和抚养子女的含辛茹苦，更呈现了他在回顾这一切时的诚挚、执着的信念和心灵轨迹。确实如谢冕所言，在这些由汗水和泪水浸染而成的文字面前，我们能"从广阔的空间领悟到他们的迷惘和渺茫，又从叙述之细微处得到感同身受的酸楚与疼痛"。大约二十年前，我曾读到登翰写母亲的诗《月亮是那条回家的路》，那些余光中式的修辞给我留下颇深印象。读了《侧影》之后，才真正理解"载我泗渡""是母亲满头漂白了的岁月""再也无法修补""是我猝然发作的伤口"这些句子所蕴含的伤痛。仿照当代一位诗人的说法：这是伤痛，不是伤痛的修辞学，是伤痛本身！

认识登翰已经有六十六个年头。1956年9月，我们考入北大中文系。那些年大学生的构成与往常不同。由于国家号召在职干部报考大学，"向科学进军"，便有称为"调干生"的身份。中文系那几届，应届高中毕业生和"调干生"几乎各占一半，二者的年龄相差最大的有十多岁。登翰有点特别，他不是应届生，但也不是"调干生"，从厦门师范毕业后在《厦门日报》工作过一段时间，却没达到满三年的标准。因此，在懵懂无知的我的眼里，他既有引领者的资格和能力，又有同属初涉世事、城府未深的亲切感。

登翰一表人才，福建当代涌现不少才华横溢而又帅呆的文学批评家，如张炯、谢冕、南帆……登翰是其中之一。他热情，感情充沛，好结交朋友，重情义，兴趣广泛，勇于探索，有蓬勃的开创精神和能力。大学期间，登翰学习成绩优秀，既写诗，写散文，也编写电影剧本，是北大学生"文艺界"的知名人士。我们入学后分配在一个班，五年里大部分时间同住一间宿舍，无论学识和为人，我都从他那里学到很多。那时选择中文系，大多有当作家、诗人的幻梦。在他的提议下，我们把自己写的诗和散文抄录在"坐标纸"上，出了两期墙报。因为是贴在宿舍里，读者肯定不会超过二十人。他多次把我写的诗和小说推荐给《红楼》，它们的蹩脚无法逃避被退稿的命运。1958年年底，《诗刊》社来北大要谢冕找几个同学编写新诗发展概况，我能忝列其中也是登翰的推荐；孙绍振后来坦言，他和谢冕当时根本不知道有我这个人存在。

登翰在《侧影》这本书里，有许多笔墨写他生活的城市厦门。我的老家是广东揭阳，与厦门相隔不远，况且潮州话和厦门话同属闽南方言——这是我上大学才知道的。在20世纪50年代中期到70年代，北京—揭阳往返可以选择的路线有两条，一条是坐京广线火车到广州，转乘长途汽车，另一条经京沪线转浙赣线，到江西鹰潭转1957年建成的鹰厦铁路到厦门，再改乘长途汽车。后面一条时间和精力都颇费周折，却是我回老家探亲的首选。原因是喜欢厦门这个城市，也因为这个城市属于登翰（很理解80年代他为什么那么热衷评述同是厦门人的舒婷）。那时候，从揭阳开出的长途汽车，经过粤闽边境的诏安、云霄，进入漳州、厦门，油然有了说不清的奇妙感觉：似乎是从溽热进入秋凉，人的步履和语调开始变得平缓、柔和，感染之下，你的焦躁情绪也跟着松弛，有了细察、退思的可能。这也是福建盛产才子才女的原因。在厦门，我曾寄宿登翰在中山路的家，尝过他母亲做的美味春卷。从他家出发，步行不到十分钟就是开往鼓浪屿的渡轮停泊的鹭江。沿着江边走道漫步，曾听他讲述关于生活、写作的计划，他在爱情上的甜蜜和苦楚。因为他曾当过《厦门日报》记者，借这个关系得以在1958年炮战停息之后，在何厝的边防民兵指挥所楼上眺望隔海的金门。我们在鼓浪屿菽庄花园的礁石和海滩边，不约而同想起曾经喜欢的诗人那"日光岩有如鼓的涛声"（郭小川《厦门风姿》）的句子。也曾在他的鼓动下，傍晚渡海在鼓浪屿教堂（记不清是三一堂，还是福音堂或复兴堂）听《茶花女》全剧录音。小说《茶花女》我们是知道的，歌剧却毫无知识，既不知道是哪一款录音，当时也从未听说过卡拉斯、蔻楚芭丝、多明戈、小克莱伯的名字。不到四十分钟，登翰已经发出轻微呼噜声，我爱面子，用全部意志力强撑着不让眼皮耷拉下来。当晚的歌剧虽说一无所获，散场后走在安静的鼓浪屿小街，夏夜凉爽惬意的海风却难忘……奇怪的是，尽管有许多的交流，我们却从未谈过各自的家庭。我见过他母亲，从未问过她的身世职业，也不知道登翰还有兄弟，对他的家庭情况很晚才有所了解，更多的细节则是读了他这本书之后才知晓的。也许我们那时年轻，无意识中多少会以自我为中心，而且总以为父母永远不老。

20世纪90年代登翰写有《寻找生命的庄严》的散文集，偶然看到他在这本书的扉页上印有这样的题记："失去的东西是找不回来了；即使找回来，已不是原来的东西。人生是一个过程。生命便在永远的寻找、失落、再寻找、再失落……中。"这是他的总结，也是他的感慨。《侧影》写到很多无法再找回的"失去"，有文字难以表述的苦涩、痛楚。但细细读过，也能体会到他自己和家庭在挫折中的坚持，那些没有明言的寻找中获取的精神财富。

1979年年底，登翰从生活了二十年的闽西北山区来到福州，在题为《瞬间》的诗里写道：

所有丢失的春天

都在这一瞬间归来

所有花盛开，果实熟落

所有大地都海潮澎湃

生命像一盆温吞的炭火

突然喷发神异的光彩

　　发现和把握这一具有创生意味的神秘瞬间，是登翰对时代转折的敏感，是长久受压抑的活力得到释放的惊喜，是对积聚的能量终将喷发的期待。而这一切都根源于他自觉的失去和寻找交错的生命意识。因此，自20世纪80年代开始到21世纪，他成果卓著。他热情支持年轻诗人为主体的诗歌革新运动，为这个当时受到挤压的思潮提供历史和现实的合理性依据，并深化了他对当代新诗史的研究。随后，他将学术范围扩大到台湾、香港、澳门，以及海外华文文学的研究。他在和我合作编写的《中国当代新诗史》中，独立完成台港澳的部分；他在1987年推出了当时最有学术分量的《台湾现代诗选》，这个选本体现了文学史意识和艺术鉴赏力结合的独特视野；之后他分别主持了台湾、香港、澳门和世界华文文学史的集体项目并撰写重要章节。正如有学者指出的，他是国内台港澳文学、世界华文文学研究的拓荒者之一，在世界华文文学史概念、范畴与阐释框架的建立上，在诸多复杂文学现象和作家作品的阐释上，他的影响已经从中国大陆扩展到港澳台和海外的汉语文化圈，并在20世纪中国文学史的整合研究中引发关注。

　　过去，我总认为登翰从事这项工作，主要是基于他填补学科空白的动力，以及在福建获取相关资料的便利。读了《侧影》这本书之后，才理解了其中更为深层的因素。这自然是他的选择，但也可以说是课题选择了他。他的生命、情感与家庭、家族历史脉络的深刻联系，让研究者与对象之间发生关联，有一种"命中注定"的必然性。文学史研究之外，他也涉足闽南等的地域文化研究，也继续着散文随笔、报告文学的写作。21世纪以来，登翰更致力于书法，将中国传统水墨画融入书法而自成一格，出版了《墨语》《墨象》等书法集，并在福州、厦门、台北、金门、马尼拉等地举办书法展。他的研究，重视资料的收集整理和理论的提升；另一显要的特色是他个人生活经验的加入，因而具有了超越知识拼接、推演的生命温度。他对当代那些"青春历劫，壮岁归来"的诗人（公刘、白桦、邵燕祥等）的评述，也可以用来说明他自己的学术品格："历史的断裂和重续，凝定在个人的生命里，并且在他们重续自己的曾被阻断了的社会理想、美学理想和歌唱方式中表现出来。……在他们有关个人曲折的生活经历和人生体验的表现中，凝聚着历史的沧桑。"（《中国当代新诗史》人民文学出版社版）这体现了研究者个性、经历，对人生、对世界的体验与对象之间存在着"奇妙的契合"。

这几十年，世事纷扰变幻多端，许多事情的发生出乎我们的意料。在走过或繁华或坎坷的路途之后，登翰寻找到自己精神的归属。《侧影》告诉我们，相比起那些炫目的、外在的辉煌光彩，个体生命的尊严，对亲人的深挚的怀念，对常年生活的土地的难以割舍，是更根本的根基。晚年，他最终落脚在厦门。尽管这个城市发生了许多他并非都乐见的变化，但是，母亲生活一辈子的中山路那座房子还在（虽然已经不属于自己），沙坡尾还在，凤凰木和木棉的花仍在开放，鹭江边还留着亲人的足印，习习海风中也仍能辨认出他们留下的气息……那么，对那些失去的，还有什么可遗憾的呢？

2023年2月于北京

【洪子诚，广东揭阳人，1939年生，北京大学中文系教授。著有《作家姿态与自我意识》、《中国当代新诗史》（合著）、《1956：百花时代》、《中国当代文学史》、《问题与方法》、《我的阅读史》、《材料与注释》、《当代文学中的世界文学》等。】

目　录

下辑：厦门往事

上　辑

华侨家世

家 山

峻嶒起伏在一片苍茫里
以骆驼的卧姿
一副瘦嶙嶙的肩胛
撑高远蓝的天
这个叫作诗山①的
故乡呐

海在很远的地方
蓝　给母亲看
在母亲
飞出去就回不来的眼睛里
泪　给儿子看
欲归的心无处停泊
才把故乡唤作
码头②

只有垂下眼睑的母亲才这样回答
你出产什么

——游子

①② 诗山、码头，皆是故乡南安的地名。

一个小山村的世界播迁

从小听到耳能起茧的祖家刘林村，淹没在高盖山下一片绿绿苍苍的丘陵之中。

高盖山在福建南安县（现改市）西北部的码头、诗山、金淘三镇的交界处。山不算高，海拔只有五百三十五米，因山顶平整如盖而得名。在周围一片葱茏起伏的丘陵上，崛起这样一座森森大山，三峰并峙，形似笔架，亦若驼峰，白云出岫，紫气萦绕，却也显得十分奇峻、壮伟。从地图上看，这里恰是山海交汇的闽南大地的中心，融入高盖山麓的刘林村，就像是跳动在这片丘陵中的一颗小小心脏。

高盖山在历史上留名，得益于唐代著名诗人欧阳詹。欧阳詹祖籍晋江潘湖，唐天宝十五年（756）生于晋江（一说生于南安，待考）。但他祖父早年确曾迁居南安，于高盖山旁的芹山结庐，少年欧阳詹曾于高盖山顶筑白云室，读书问学；其母（一说系其祖母，待考）葬于高盖山中，碑题"欧阳妈祖墓"，今尚可寻，均在今日刘林村境内。欧阳詹于唐贞元八年（792）高中进士，名列榜眼，与韩愈同科并结为好友，支持韩愈提倡的古文运动，著有《欧阳行周集》十卷。欧阳詹为八闽登第第一人，因此

　　南安西北部的高盖山不高，海拔五百三十五米，位于诗山、码头、金淘三镇境内，在一片葱茏起伏的丘陵山地中，亦显得峻拔、壮伟。闽南第一进士欧阳詹在此读书问学，骚人墨客聚此吟咏，因而在历史上留名。

名传后世，被誉为"闽南文祖，福建文宗"，常有骚人墨客寻迹吟咏于此。南宋时任同安主簿的朱熹，曾专程来南安，登高盖山，寻找欧阳詹读书处，见秀峰列屏，白云绕室，叹曰："此真乃诗山也！"并为其芹山故居撰联："事业经邦，闽海贤才开气运；文章华国，温陵甲第破天荒"。后世遂将高盖山称为"诗山"，位于高盖山南麓的山头城，亦易名，即今天的诗山镇。高盖山下自北向南穿过码头镇全境的一条货运溪流，称为诗溪；从天柱山到溪口，洋洋荡荡十七华里，沿途所经村落，亦以诗门、诗宅、诗坂、诗园、诗南、诗口等地名称之。人以地显，地以人名，不高的高盖山，因欧阳詹而被载入史册。

刘氏先祖于唐末入闽，有一支于南宋初年移入武荣（今南安），不知是否仰慕欧阳詹的声名，首入武荣的恒公，号永斋，就选择在高盖山下的码头镇德教乡依仁里北坑结庐①，传衍子息。此地后称刘林（含今刘林、高山两村），永斋公即刘林刘氏的开基祖。几百年传延下来，聚族而居的刘林村，除几户方姓、谢姓，其余皆是刘姓。

不过，早先入闽的先祖并不姓刘，而是姓侯。这里有一段往事，感天泣地。据云，隋唐年间，刘氏先祖文静公辅助唐高祖李渊，为建立大唐政权，征南战北，官至户部尚书；不料于初唐由于小人逸言，横遭灭门。所幸负责监斩的林元帅，跟随文静公征战无数，深知文静公一片忠心，执刑前偷偷以自己的亲生儿子替换出文静公的幼子，演绎了一出唐代版的"赵氏孤儿"故事。后来事发，林元帅单骑携带刘氏遗孤逃入深山，眼

---

① 北坑于南宋时属南安码头镇德教乡依仁里，明属南安十都，清改属九、十联都，民国时期分为数个保，新中国成立后析为刘林村和高山村，自古民间统称为刘林。"刘林"二字中的"林"并非姓氏，闽南话读音如花篮的"篮"，有"刘氏子嗣聚居地"的含义。

见追兵将至，遂将刘氏遗孤托付给山中遇见的一侯姓猎户，自己策马引开追兵而最终遇难。刘氏遗孤长大后，感激猎户救命和养育之恩，随其姓侯。数百年来，此事随着族裔的传延而代代相传。后辈族亲对林元帅舍身救孤的义举感恩不已，先是立碑纪念，后来建庙崇祀。如今不仅在南安，随着刘林后人迁徙的足迹，在浙江苍南、台湾嘉义，乃至马来西亚、菲律宾……海内外，凡是刘林刘侯后裔所到之处，都有专祀林元帅的石马宫存在，见证着这段恍若传说的真实历史。

刘林侯氏这支，究其根本，原是姓刘。1928年刘林第五次撰修族谱，为纪念先祖刘文静公，族人共议回复原姓，改侯为刘。奈何当年刘林的刘氏子嗣已散往各地，数百年来各成风景。这次复姓，由于信息阻塞，无法一起行动，此后遂有"刘侯同宗"一说，许多在外的刘林子弟往往姓刘又姓侯，视侯姓如刘姓。香港成立的南安刘林刘氏海外宗亲会，最初只称"刘氏"，为了能联络更广大的尚未复姓的宗亲，遂将刘侯并称，改为"刘林刘侯宗亲会"。

七月的一天，我再次回到刘林。此次不是谒祖，不是恳亲，只是我一个人的悄悄私访。炎炎夏日中，我独自走进祖祠，默默翻阅族谱，走在那已颓败的几百年前的老屋和新建的四层、五层的楼宇之间，远远眺望那日晕中的高盖山……岁月在这里留下的痕迹，模糊而又清晰。我从这静静的山野、静静的村落里，仿佛听到另一个声音，隐隐在向我讲述着什么。

刘林只是一个小小的古村落，面积仅九平方公里，人口不满九千，静静地卧在福建内山这片不起眼的绵绵山峦之中。追寻历史，刘氏这一宗脉，是在唐末的兵荒马乱中随王绪起义大军转战入闽的；延至南宋初年，在又一次北方游牧部族南侵的马蹄声中，避难走进高盖山下这片茫茫山

　　南安刘林刘氏祖祠，建在开基祖永斋公结庐而居的田螺穴旧址上，此处被视为刘氏发祥地。号称"彭城衍派"的刘氏一支，南徙入闽而至武荣（今南安）结庐，繁衍生息，迄今八百余年，开枝散叶，子裔播向四方。

野，结庐于北坑。这里山多田少，生存环境不算太好，但远离硝烟，宜于生息。有着顽强生命力的自谓"彭城衍派"的刘氏族人，几百年来把一个偏僻荒野治理得山丰水茂、族裔昌炽。岁月迁延，时局嬗变，刘氏一脉却遵循古训，至今仍然保持聚族而居的传统。

中国人恋乡，视故乡为母土，不能随意离开。这是因为几千年的农耕社会，以土地为根本，强化了人对土地的依赖；土地开发的长期性和从播种到收获的周期性，使人不敢轻易离开它。而建立在这种人地关系基础上的家族宗法制度，强调个人对于家族（宗族）的归附。这就是所谓的"家园"意识。"家"是血缘，"园"是母土，二者形成了中国儒家教化中以纲常伦理为核心的文化传统和"安土重迁"的文化心理。然而，当生存的压力超过了这种固守家园的可能限度，即在固有的土地上因种种原因，例如战争、灾祸或原有的土地无法满足不断增长的人口的生存需求时，这种人地相对平衡的稳定关系便被打破，人们被迫离乡背井，寻求新的生存空间。走向他乡甚至浮槎异邦，就常常伴随各种不幸发生。

刘林村也无法逃脱这样的命运。

犹如一盆静水，水满则溢，这是常态；但突来的风狂雨骤，致使盆裂水溅，更是一种横祸。最初走出刘林的是刘林开基祖恒公的五世孙道斋公，其迁至邻近的侯垵，又发展至周边的梅山等地，合称芦川，很快成为当地的望族。道斋公为什么出走刘林？是为寻求更好的生存空间，还是受到什么外来的逼迫？我们无从知道。但出走的道斋公及其在芦川繁衍的子息，依然每年回刘林祭祖。刘林和芦川，都居住着刘氏族人，仿佛有个默契：祖祠只有一个，只能建在刘林；崇祀恩公林元帅的石马宫却建在芦川。此后移居异地的刘侯子嗣为了寻根，认祖回刘林，崇祀恩公林元帅，就从芦川分香到各地。

自兹以后，从刘林和芦川向外迁徙、再迁徙，成为经常发生的事。几百年来，刘林村的刘侯子嗣，如水银泻地，向四面八方伸延。最初只在邻村、邻镇，随后便走向更远的邻县、邻省，如漳州的南靖、福州的福清、闽侯，乃至浙江的苍南，台湾的嘉义、台中、高雄等地；近代以来，更大量涌向香港、澳门，甚至蹈洋过海，远赴东南亚的菲律宾、马来西亚、新加坡、印度尼西亚……如此的迁徙和远播，背后有着更多复杂的原因。

17世纪中叶，清军入闽，郑成功率闽南子弟兵东渡台湾，驱荷复台。郑氏父子治台期间吸引了大量闽南移民入台，汉族人口最多时有十余万。刘侯族人与郑氏同为南安乡亲，其子嗣在明末清初移入台湾应与此有关。此后在晚清的战乱和经济凋敝中，依靠族亲牵引，寻无出路的刘侯族人常常选择冒险渡台。现今在台湾的刘侯子嗣，仅嘉义、高雄、台中等地，已有十万余人。

有清一代，经历了鼎盛一时的康乾盛世，19世纪以后开始走向没落。西方的坚船利炮，震碎了中国的闭关锁国。中国南部沿海省份的移民，无论是被迫还是自愿，无论是"猪仔"一样的契约移民还是并无真正自由的"自由"移民，大量走向海外，掀起了海外移民的浪潮。我的太祖父澄洋公，于1857年过番至菲律宾，是我们家族最早的过番者之一，他那一代的过番者，应该就是华侨史上所谓的大移民时代的亲历者和见证者。

此时的刘林，已非往常所说的刘林。

刘林的刘侯先祖，自北方南迁入闽而至武荣，迄今八百余年，传承数十代。作为移民者及移民者的后代，历经二度迁徙、三度迁徙……走得更远，乃至后人无法追寻他们的足迹。这是移民者在既失家园之后勇闯世界的品性使然。如今的刘林（含刘林和高山两村），人口仅八千八百人，但走出刘林的刘侯子嗣遍布海内外，有二三十万人。所知的域外宗亲，在菲律宾、马来西亚、新加坡、印尼……多者人数上万或数万，少者也成百上千。仅我们一家，移民菲律宾，至今生活在纳卯（今达沃市）者就有数百余人。而他们的后人，在当今全球化的现代社会，更有不少走向美洲、欧洲、澳洲，你在纽约、伦敦、巴黎、悉尼、马德里……或许会遇到一个来自遥远中国的那个叫作刘林的后人，并不奇怪。

一个小小山村，就这样一步一步向世界迁徙。

刘林仅是一例。

而在闽南，在福建，在整个中国，向南，向北，向东，向西，有多少这样的刘林！

当我在七月的炎阳下，望着这座在八百多年前奠基，而后历经海内外刘侯后人几次重修的祖祠，耳畔仿佛喧腾着历代先人固守母土而又勇敢走出母土的飒飒脚步声。从一些相关文献中，我看到他们的血泪人生，也看到他们在异邦创建的业绩和回馈母土的奉献，深受震撼又深感欣慰。对于这些先辈、宗亲，值得为他们树碑立传。这里仅录几位，以为见证。

华侨将军刘亨赙（1872—1926），刘林高山下厝人，十八岁（1890）随其伯父前往菲律宾谋生。1896年，刘亨赙在菲律宾的独立战争中率三千华侨子弟抗击西班牙殖民统治，创建菲律宾革命军首家兵工厂；继而在保卫伊穆斯战斗、南北甘马令省战斗中屡建战功，曾派骑兵救出被困的两千华侨，军阶从上尉逐级升至准将；1899年至1902年，参与抗美救国战争，任革命军南线司令，向华侨募得巨款资助菲政府；战后任菲律宾议会议员，兼退伍军人协会负责人；1926年逝世，菲律宾为其举行国葬，菲律宾独立后首任总统阿奎纳多高度评价："他热爱菲律宾一如其祖国，菲律宾自当视他为英雄的子孙。"他的纪念碑和塑像，屹立在他战斗过的甲美地省大地上。

新加坡著名爱国华侨、社会活动家侯西反（1883—1944），刘林四落人。二十六岁时南渡新加坡，从职员做起，后与友人合办橡胶厂；为侨领陈嘉庚所赏识，被委派管理陈氏橡胶制品公司业务，并任《南洋商报》总经理、亚洲保险公司副总经理；历任新加坡中华总商会董事、新加坡福建会馆执委主任、新加坡南安会馆主席等职。抗日战争中，侯西反是陈嘉庚在南侨筹赈总会的得力助手，任总会常务委员。因发动抵制日货活动，为奸商所恨，于1939年12月为英殖民当局限令出境。归国后仍倾心抗日救国，奔走于重庆和昆明之间，组织华侨互助会，创办侨光学校。1940年春，随陈嘉庚"南侨总会慰劳团"慰劳、视察，5月抵延安访问，受到毛泽东和朱德的欢迎和会见。1944年10月，在由成都往昆明的途中，因飞机失事而殒命。

……

刘林很小，刘林又很大。对于无数走出刘林的刘侯子嗣，虽然他们已经不在刘林生活，但他们生命的根依然在刘林。小小的刘林就是这样在不断的迁徙中迈向世界！

（本文参阅刘新柯、刘耿元《泉州著名侨乡——南安刘林》的部分资料，特此致谢。）

那个从南安内山走出来的俊朗男子

——太祖父澄洋公纪事

行行重行行……

或许是在早春的一个黎明，或许是在晚秋的一个晴午；或许就他自己一个人独行，或许有三两亲邻结伴。他们布衣芒鞋，包袱藜杖，怀揣着三分忐忑、六分冒险，还有一分期待。他们从福建南安西北角那个叫作刘林村的内山走出来，他们要翻山，他们要过海，他们要到茫茫的大洋那边去，要到那块灼热的异邦的土地去……

行行重行行……

"年甫弱冠"，正是二十岁的年纪。

那年，咸丰帝的风吹着；那年，咸丰帝的太阳把土地晒脱了一层皮。

2011年冬至，由香港旅外南安刘林刘侯宗亲会发起的世界刘侯大宗恳亲大会在南安刘林村举行。我受邀算是第一次回到祖家，那个自童幼时起就听到耳能起茧的叫作"刘林"的地方，是我的祖根之地，我的列祖列宗拓殖生息的地方，我的无数先人开枝散叶播向四方的原乡。

刘氏先祖于唐末入闽，其中一脉传衍武荣（今南安）应已是南宋初年。那个写得一手好字却昏庸无能的宋高宗赵构，抵挡不住北方游牧部族的金戈铁马，逃难杭州，建立名副其实的"临安"小朝廷。此时刘林刘氏第一百四十三世恒公（号永斋）来到唐代诗人欧阳詹曾经苦读问学的高盖山麓，于北坑结庐，繁衍生息。这位被尊为刘林刘氏的开基祖，他结庐而居的田螺穴，即当时的南安码头镇的德教乡依仁里，被视为刘氏发祥地，后世子孙便把刘氏祖祠建在这里。

岁月迁延，老皇历翻过了一本又一本，清朝翻过去了，民国翻过去了……祖家还是祖家，原乡还是原乡！刘氏的后裔，一代又一代，繁衍昌炽，已经走出刘林，走向世界。如今，不仅在刘林，也不仅在南安，你到福州，你到漳州，你走出福建省，你到浙江的苍南，你到台湾的嘉义，甚至跨洋过海，你到菲律宾，到马来西亚，到新加坡……都可以遇到来自南安刘林刘侯的宗亲。他们当年为求发展，不惧山高，不畏海远，如今植根他乡，枝繁叶茂，已独成一道风景，却依然忍不住要问：我从哪里来？我的祖根在哪里？直到旅外南安刘林刘侯宗亲会由香港的宗亲率先成立，才把散落各地的刘氏宗亲重新串联起来，形成一个庞大宗族的壮观景象。

我也是来寻根的。我的父祖几代人，也是从南安的刘林走出来，走向菲律宾的。至今菲律宾还留有我的至亲兄弟和堂兄弟及他们的子女孙辈大几十人。而在菲律宾的刘林刘氏宗亲更数以千计。异邦亲人的隔绝，有时更难以追寻。我不知道，我的先人是从哪朝哪代，在哪种情况下，离乡别亲，去到那个遥远的异邦的。

认宗谒祖的锣鼓声、鞭炮声，欢乐了前来恳亲的刘氏四海子嗣，却不能回答我的问询。当我走进祖祠，肃穆的祖宗神主牌前长长的香案上，高高摞起的一叠族谱静静地躺在那里，仿佛列祖列宗的无数眼睛正透过族谱上那密密麻麻的木刻方块字，无言地望着我，让我从肉身到心灵感受到一种激烈的震撼！

国有史，地有志，族有谱。族谱是国史和地志的一个细部和侧面，也是一个宗族兴衰起落、繁衍有序的记载。自明以来，刘林刘氏曾经五次修谱：第一次在明嘉靖十一年（1532），第二次在明万历二十年（1592），第三次在清乾隆十六年（1751），第四次在清光绪十八年（1892），第五次在民国十七年（1928）。一次次修谱，一次次续缘，刘林刘氏走过近千年的岁月，繁衍的子嗣，如密码一般浓缩在这一叠高高摞起的族谱之中。

要从这密密麻麻的族谱中寻找一个人，说难不难，说不难也难。说不难，是因为族谱传承有序，记载清晰，可以循着谱系寻根溯源；说难，是因为这种寻找犹如在茫茫森林里寻找一株在你生命中烙入特殊印记的树。虽然族谱的文字都十分简洁，除了少数或长或短的介绍以外，大多只有世系、姓名、生卒年和子息等基本信息。然而就从这点简洁的信息里，你仍可感受到静静的文字背后那一个个鲜活的生命，你仍可听到那穿过岁月的脉管里血液沸腾的声音。

族谱是有记忆的，有温度，有脉息。

在宗亲的帮助下，我终于查寻到我的宗脉的源头，我的最早漂洋过海去到那块陌生土地的先人。所幸族谱里还录有先祖的一篇《自叙》。

就是那年，咸丰帝的风吹着……

就是那人，那个族谱上名澄洋、字钦书的俊朗男子，呈凤公的长

　　刘林刘氏族谱，自1532年至1928年，历经五次修撰。族谱的文字简洁，但其背后有温度、有脉息地保留下家族／宗族的历史记忆，让我辈后人得以寻知先辈踪迹的一二。

子，我的太祖父。他本是个读书人，"自少受严君教督，师傅训诲，矢志文章之业，存心齐治之功"。但不知为什么，在他"年甫弱冠"——也就是二十岁吧，突然"奉严慈之命"，"远适氓地"。他生于道光丁酉年，即公元1837年，二十岁时应是咸丰丁巳年，即公元1857年。本来书读得好好的，却突然奉父母之命，放弃"学优登仕"的功名追求，远蹈大洋，加入异邦谋生的过番行列，是出了什么变故吗？闽人过番，极少数家境殷实者是为创业求财，大多却是迫于生计，或其他诸如天灾、人祸等别的异变，不得已远适异邦。族谱记载的"简洁"，隐去了许多细节，让我们无法得知先祖当年为何过番，只一句"因奉严慈之命"，给我们留下一个永远无解的"谜"。

那是个大移民的时代！

从南安西北角的内山刘林村到菲律宾，今天看来不算太远，但在一百多年前，用闽南话说，一条路远得像天！那个奉父母之命赴菲的二十岁的俊朗男子，须先翻山过岭走出南安，行行重行行，来到晋江安海转走水路，到厦门候船。候船就是候风，船期难定。19世纪中叶，还是木帆船时代，没有机械动力，靠的是风力驱动，所以闽南人把送行叫作"送顺风"。凭风启帆，东南季风把船送出厦门港，那船犹如漂泊大海的一片树叶，沿着台湾海峡乘风南下，直抵台湾岛的最南端，再穿过风高浪险的巴士海峡，就到吕宋岛了。这一程海途遥远，真正的浮槎漂洋，航行时间需十天半月，甚至更长。老话说：行船走马三分命，就全看老天爷的脸色了！顺风顺水是你的福气，而台风突袭、恶浪横生、触礁翻船、险死途中也是常有的事。二十岁的俊朗男子，我的太祖父，就这样闯过了他人生的一大劫。

菲律宾号称千岛之国，竟有七千多个大小岛屿。初抵氓地的太祖父澄洋公，不知是否就留在氓里剌（今马尼拉），开始他的异邦人生，或者继续南行，在菲律宾的七千岛屿中寻找他的落脚之地。族谱上没有明载，他的《自叙》也没说清。但他的后人——儿子、孙子、曾孙（即我的曾祖父一辈、祖父一辈、父亲一辈）——几代人都在菲律宾南部一个叫作"纳卯"的地方谋生，由此推想，最先来到这里开拓基业的，应该就是太祖父澄洋公了。我打开菲律宾地图寻找"纳卯"这个地名，地图上成百上千个大大小小岛屿，中文洋文，纠结缠连，密密麻麻犹如童年时养的一盘蚕宝宝，看得我头晕眼花，仿佛每座蚕宝宝似的岛屿都在纸上蠕动。我不知道当年的太祖父，是怎样水一程山一程地一座小岛一座小岛地穿越，才来到菲律宾最南部的棉兰老岛的纳卯——即今日棉兰老岛的首府达沃市。

来自中国的二十岁的俊朗男子，有着怎样超强的生命力！

一位在菲律宾居住了七十多年的朋友告诉我，早年来氓谋生的华人就驾着小船，载着各种杂货，一座小岛一座小岛地做买卖。他们每到一座小岛，就像摇着拨浪鼓的货郎那样，先敲响锣声，即所谓"鸣锣开市"，把岛上的土著吸引过来，然后吆喝着，推销带来的日用杂货。我的太祖父也是这样开始他最初的异邦人生的吗？

或许正是这样，他才从初抵菲律宾北部的吕宋岛逐岛南移，最后落脚在最南边的棉兰老岛的纳卯？

1819年占领新加坡的英国殖民者莱佛士，曾将过番东南亚的华侨分为三个等级：带着资金的商人、拥有技术的工匠和出卖劳力的打工者。赤手空拳来到菲律宾的太祖父，虽有一点文化，并无资金和技术，应当归入出卖劳力的打工者行列。不过，稍有的一点文化，使他比起一般的打工者有较为灵活的谋生手段。他不像许多初来的"新客"那样，进入种植园或矿山当苦力。他在《自叙》中说："始则寻经纪以谋赀"。"经纪"一词出自《管子》，指对物资的管理，后延伸为一种职业——经纪人，指靠介绍买卖赚取佣金。太祖父所言"寻经纪以谋赀"，也就是做点小生意，或帮人介绍、推销，以中间人身份赚点小钱。如果真像前面所说，他也是驾舟鸣锣，进岛叫卖，给闭塞岛上的土著送去生活日杂，再顺手收点岛上土货。这样的"经纪"，其辛苦和不易，自不待言。难怪他在《自叙》中说："其中艰难险阻，辛苦靡不备尝。"

华侨在海外谋生，经年历岁，拼搏半生，千万人中薄有粒积、幸能返乡者有之，淘金梦碎、孤老异邦者亦有之，能够发家致富、致荫乡梓者应只占少数。太祖父澄洋公幸运地成为后者。他从"寻经纪以谋赀"开始，"继则同邻里合营生意"是第二步，"后即与胞弟澄鸿自开糖栈以大生殖"是最后的发家之道。

这人生最重要的一段经历，其中的曲曲折折、甜酸苦辣，也由于族谱的"简洁"，让我们只知结果，而不晓过程之复杂和艰辛。

毕竟在中国受到传统文化的哺育、熏陶，澄洋公在事业有成之后，思念乡梓天亲，便毅然买舟归来。其时应为同治庚午年（1870）之前。他于咸丰丁巳年抵岷，同治庚午年之前归国，在菲时间不足十三年，就创下若许家业。只是不知他归来之后，在菲的产业是收摊结束，还是交由胞弟或儿子继续经营。这都无交代。倒是在《自叙》中描写了十分欣幸归乡后的生活："逮事天亲，朝夕承欢，至和睦结发，洋忘其所以。"一派乐享天伦的自愉与自足。

这里有一个细节值得提出，澄洋公归来时是带着一位菲籍的侧室回来的。族谱称赞这位名叫陈瑞慈的二夫人，"虽出自异域，而性体雍和，善事翁姑。其理家也，薄于己而厚于人，共勤劳以营华屋、建田园，是真能相乃夫子者乎。"这使我想起家藏的一张约摄于百年前的全家福旧照，坐于正中的是我的曾祖父、澄洋公的三子也公，其时我的父亲伯叔辈，都还是盘腿坐在前排地上的小孩。照片上有多位菲律宾服饰打扮的女人，也有抱在怀里的稚子，他们应是我的先辈亲人，说明我的家族在一百多年前就已经有菲律宾的血统融入了。

澄洋公二十岁出洋，十三年后归来，其时也就三十多岁，正值盛年。他仍如在菲时那样，"又复共勤不辍"，广创家业。他在《自叙》中称："自同治庚午以来，构大厦，筑书斋，承旧屋，广田园，置山场，购旷地，似难枚举。"家业大了，就想为先人捐纳功名，这在当年是子孝孙贤、荣宗耀祖的表现。查族谱，澄洋公之父呈凤公，例贡生，诰封中宪大夫，属文官四品；其夫人谢氏请娘，继室谢氏狠娘，即澄洋公的生母和继母，皆诰封四品太恭人。澄洋公在《自叙》中说"三代同受荣封"，除了祖父、父亲，应还包括他自己了。光绪十六年（1890），直隶水灾，朝廷开捐助赈。年过半百的澄洋公踊跃捐输，受朝廷封诰，"拔以工部主政都水清吏司加三级，钦加员外郎衔，诰授中宪大夫，妻四品恭人"。澄洋公奋斗一生，也是功名加身了。

业有所成，荫及乡梓。澄洋公尝自谓："孟子曰：君子创业，垂统为可继也。洋不特为子孙计，而凡昆季戚族，诸大节要，未尝膈膜视焉。"他修祖宇，供文庙，佐书院，铺路桥，光绪十八年刘林刘氏第四次重修族谱，澄洋公不顾年衰，依然倡捐多金，使其以成盛举。于此公益，澄洋公自谓："洋虽不敢任其功，洋亦未尝惜其力焉。"

澄洋公生于道光丁酉年，卒于光绪癸巳年（1893）。族谱对于澄洋公有一段赞语，曰："白手经营异域，能善陶猗之富难矣；况聚财而不为守财之虏，则更难矣。观其营华屋，则辉煌八座；置厚产，则阡陌交通；输功名，亲属咸获荣诰；领袖乡事，老少俱与钦崇。虽财力之在握，亦智术之高强也。壬辰重修族谱，公不吝多金，董以成之，使百余年未修之谱牒重光，是则有功于吾宗不浅矣。如公者诚难能而可贵者也。"

清咸丰丁巳年，南安西北角那个叫刘林村的山旮旯里，一个二十岁的俊朗男子走出深山，走向大海。十几年后，这个历经沧桑、业有所成的三十多岁依然俊朗的男子，又从大海那边重返南安刘林村，继续在家乡造福亲邻，不仅带回财富，还带回海外新的文化精神。澄洋公仅是一例，还有无数过番者，无论是业有所成，还是梦断异邦，他们都用自己的智慧、血汗和生命，打破长期被"安土重迁"的传统文化观念困囿的局面，把一个小小的山村和广阔的世界连接起来。

不管是有意还是无意，也不管是功成还是梦碎，过番者终将为历史所铭记。

世界很大又很小。当你困在刘林，你觉得小小的刘林很大，大到仿佛刘林的几重山、几道水就是世界。而当你走出刘林，走向外面的世界，千山万水，海角天涯，你才真正感到世界之大。但当你在山那边、海那边，在世界许多地方都可以遇见从刘林、从南安、从泉州、从福建、从中国走出来的亲人、族人、国人，你才惊异地发觉：这世界怎么突然又变得那么小了？

行走在很大又很小的世界，那个二十岁就走出南安西北角内山的俊朗男子，毕生奉献族亲乡梓的我的太祖父澄洋公，他的人生是多彩而值得忆念的！

附族谱所载之澄洋公《自叙》：

洋自少受严君教督，师傅训诲，矢志文章之业，存心齐治之功，本期学优登仕。因奉严慈之命，年甫弱冠，远适岷地。始则寻经纪以谋赀，继则同邻里合营生意，后即与胞弟澄鸿自开糖栈以大生殖。其中艰难险阻，辛苦靡不备尝。迨同侧室陈氏归梓，逮事天亲，朝夕承欢，至和睦结发，洋忘其所以。人羡其所难，又复共勤不辍。自同治庚午以来，构大厦，筑书斋，承旧屋，广田园，置山场，购旷地，似难枚举。至若为祖父诸弟捐纳功名，为祖宗伯叔造修坟茔，充祖业，修祖宇，供文庙，佐书院，修桥路，几诸义举，皆踊跃输将。即今议董重修族谱，倡捐多金，其所以成盛举者，洋虽不敢任其功，洋亦未尝惜其力焉。孟子曰：君子创业，垂统为可继也。洋不特为子孙计，而凡昆季戚族，诸大节要，未尝膈膜视焉。洋忝膺明经之选，仕宦本可梯荣。致君泽民，素怀因之不置。是岁壬辰，直隶水灾，捐赈例开。洋遵新海防例捐输，得拔以工部主政都水清吏司加三级，钦加员外郎衔，诰授中宪大夫，妻四品恭人。三代同受荣封，洋始愿不及此也。综洋生平，性本刚方，其于乡邻宗族，凡有争要，皆果断不阿。则治剧理烦，度于事即可度于政。敦伦饬纪，施诸已自堪施诸人乎，洋当勉之。

凝思：百年前的一张全家福照片

八叔从箱底翻出一张陈年旧岁的全家福老照片。

八叔是祖父最小的儿子——闽南话叫"尾仔子"，虽然大我一辈，但却小我一岁。我俩因为年纪相仿，从小便没大没小地玩在一起。童年的家族照片里，需要小孩出场的时候，总有我俩的身影，或一前一后为六叔的婚礼提着花篮和裙裾，或一左一右在清明家祭的照片中分坐在祖父墓茔两旁的小石狮子上。自几年前大伯母以百岁高龄谢世以后，他就是我们家族的老大。这时候大家便不再唤他小名，改口称他八叔、八叔公或八太公。我们这个大家庭自太平洋战争爆发以后，祖父和父亲这两辈都留居海外，各房便分开各自度过那段艰难的岁月。八叔随二祖母（祖父的二夫人）回到祖家刘林，过了一段艰困的日子。抗战胜利后，祖父和父亲、伯叔们从菲律宾归来，大家又聚在一起；翌年，祖父过世，便彻底分家了。八叔与二祖母生活在一起，唯有他才能翻找出这样陈年旧岁的照片。

照片已经有点泛黄，但图像还很清晰。我们围着仔细端详，都认不全照片上的人。连认带猜，正中坐着的那位老者，应该是我的曾祖

　　这是难得的一张百年前的全家福照片，20世纪20年代前后拍摄于厦门溪岸街"大品仔内"祖屋前。照片正中坐着的老者是曾祖父，站在其后的是祖父，第一排左起第五个小孩是父亲，五六岁光景。此时已有菲律宾血统融入家族。

父——族谱上称为培成公，因为站在他身后那位穿白色汉装的中年人，虽不是我们平常所见的西装革履，但我是认得的，那是祖父。1945年抗战胜利后，他从菲律宾回到我们在鼓浪屿租住的褚家园，我是见过的，虽然翌年就病逝，但他和大祖母的照片还一直挂在厦门溪岸街大伯母住的三进大厝正厅的两边墙上。有意思的是，这张全家福照片里坐在曾祖父左边藤椅上穿黑色唐装的老太太，应是我的曾祖母，她旁边站着的中年妇女，是我祖母——这我也有点印象；祖母左边的两个年轻女人就猜不出了；而曾祖父的右手边，是一位抱着孩子的年岁略大的女人，从相貌、衣着上看，应该是曾祖父在菲律宾娶的当地女子——闽南话叫作"番婆"，如果没猜错，她是我的另一位曾祖母。而她的右边，经我八叔辨认，是他的生母，我的二祖母；再过去并排坐着的，又是两位略为年轻的女性，从相貌和衣着上看，也是菲律宾或含有菲律宾血统的女人。这就很费我们猜想，她们会是谁呢？是菲籍曾祖母生的女儿，还是站在她们身后，与祖父同在第三排的另外两位男子——从座次上猜，应是与祖父同一辈的兄弟——的媳妇？还有，曾祖父膝前或蹲或站着的三个带有明显外邦相貌的小孩，他们又是谁呢？是曾祖父与菲籍曾祖母的孩子，还是旁边另外两位菲律宾服饰打扮的女人的子女？他们半蹲在曾祖父与盘腿坐在地上的七个小孩——父亲及其兄妹——之间，辈分显然要高一些。那么，我该叫他们叔公、姑婆，还是叔叔、姑姑？他们后来好像从家族渺去，是回到菲律宾，还是漂流到世界的哪个角落？……他们曾经是我们家族的成员，这是肯定的，尽管今日已无法寻到他们及其后裔的踪迹，身份和踪迹成为永远无解的谜了。

一张旧照片，突然把远去的岁月拉到眼前，把几乎泯灭了的记忆重新唤醒。

根据族谱的记载，坐在这张全家福照片正中的曾祖父，他的父亲，我的太祖父澄洋公，是早在咸丰丁巳年漂洋过海到菲律宾谋生创业的第一代，此后过番便一代代延续下来，至我这辈，已是五代了。家族人丁兴旺，仅太祖父就生有九男二女，曾祖父也育有四子。如今我们联系上的仅曾祖父的次子如金公——我的祖父这一脉，其子嗣在海内外已超过百人。其他的支裔开枝散叶，不知飘落在世界何地，更不可胜数。

在被迫离乡出走的大移民时代，他们作为移民的一员，是这个时代的见证。

太祖父澄洋公自氓归梓时，曾娶回一位菲籍的侧室。到他儿子一辈，我的曾祖父，在他晚年留下的这张全家福照片中已经有了多位菲籍女子及后代。这种现象，对于从那个大移民时代走来的华侨和华人，并非罕见。文化的互通，乃至血统的融合，是中国近代社会向海外发展的一个重要现象，值得我们深究。

照片没有记年。我们只能从盘腿坐在地上的我父亲那一辈的年龄推测。父亲生于1915年，此时五六岁模样，那么这张全家福老照片应该拍摄在20世纪20年代前后，距今已有百年了。

据八叔考证，这张百年前的全家福是在厦门溪岸街一处早已荒芜而今融入一片新区的叫作"大品仔内"的老祖屋前拍摄的。那么即是说，至少从曾祖父那辈起，我们这一支脉已经迁离南安刘林老家，曾祖父从菲律宾回国后，就在厦门购屋定居，至今已有百年了。正是华侨的归来，促进了厦门的发展；今天所谓的厦门本地人，其祖上多自周近的闽南农村迁徙而来。

　　这是家族老照片中比较特别的一张，它是专为家中有菲律宾血统的成员拍摄的照片，有男有女，有长有幼，应也都是我们家族的成员，我的长辈。只是不知他们应该怎么称呼，现在何方。

如果不是偶然发现这张照片，一切都将淹没在岁月的灰尘里。它不仅唤醒我们对于家族的记忆，还将对它的联想与追索，拉向了中国向海外移民的更遥远的岁月。

中国与称为"南洋"的东南亚诸国的交往，有着久远的历史。史载公元226年，东吴曾派宣化从事朱应和中郎康泰浮海巡抚东南亚。康泰归来后著有《吴时外国志》，此书虽已亡逸，但裴松之注《三国志》时曾引用过，《晋书》亦曾提及。康泰称其在数十年的南巡中，曾抵菲律宾的臣延、耽兰和杜薄。这是见之史载的中非交往史上最早的记录。至唐及宋，国力鼎盛。唐所拓展的，主要是驼铃叮叮北向中亚直达欧洲的陆上丝绸之路；而有宋一代却把目光更多投向滔滔的大海，以史称"东方第一大港"的泉州为中心，发展海上贸易。其时，有一航线最后抵达菲律宾，即从泉州港出发，绕过海南岛，先抵越南的占城，再继续沿海岸线南下，抵马来半岛，而后横渡至加里曼丹岛的渤泥，再从文莱北上，抵菲律宾的苏禄群岛和棉兰老群岛。以当时菲律宾列岛的经济情况，其并非中国与东南亚诸国贸易的重点，但拥有七千多座岛屿的菲律宾，自然条件优越，人口却稀少，恰是适宜移民开发的首选之地。因此，这条航线的意义不在经济方面，而在于开拓了福建沿海人民迁徙菲律宾的通道。明永乐年间，郑和第三次下西洋时途经吕宋岛，就见过许多闽籍子民和福建侨商。至今菲律宾的华人移民以闽人为主，而泉籍的移民占百分之九十以上。千百年来岁月嬗递，华人移民男多女少，难以都回原乡寻找配偶，为求得发展，多娶当地女子，即番婆，加速了华人移民与当地民族的融合。据人类学家估计，在菲律宾一亿人口中，华侨、华人和具有华人血统的约占百分之二十。这一切正是拜唐宋以来开拓的航线所赐。近代以来，国势颓落，经济不景气，更加剧了祈望生存的中国闽粤沿海居民向外移民的步伐。

历史可以很豁达、轻松地来讲述这个过程，然而对于其中的每一个有血有肉的过番者，此中却有一个个道不尽的椎心泣血的生命故事。

中国海外移民至19世纪中叶已达高潮，一直延续到太平洋战争爆发前夕，近百年间，中国的海外移民数以千万计。据一份1935年调查显示，其时移民最多的粤闽两省，人口合计共四千四百八十万，移居海外的华侨华人多达七百八十万，约占两省总人口的六分之一，其绝大部分都是来自农村的破产农民和城市的贫困居民。战乱灾祸导致经济凋敝、农村破产，是移民的主要推力。我收集的一首三百余行的长篇说唱《新刻过番歌》（南安江湖客辑，清道光年间厦门会文堂木刻印行）描绘的正是我的老家南安一位贫困农民为生计所迫，漂洋过海到了番平"实叻"（今新加坡），经历艰难谋生的种种挫折，最后两手空空返回故乡。他归来后发出呼吁："劝恁这厝那可度，番平千万不通行。"这是所有过番歌共同强烈表达的劝世主题。上百万飘离家国的过番客，或许怀着淘金的梦想，或许抱着创业的雄心，但对于没有资金、没有技术的广大贫困农民和城市贫民来说，只能依靠出卖低廉的劳动力来讨取一份生存的可能。因此大量以契约劳工、潜契约劳工或自由移民身份远赴海外的过番客，十去九不归是普遍的情况，正如那首《新刻过番歌》所唱的："番平那是于好趁，许多人去几个归？"

最初我从一位法国学者手中读到《新刻过番歌》时，立即联想到我的家族。我的太祖父、曾祖父等人都裹挟在19世纪中期掀起的汹涌的移民浪潮中，开始自己的过番经历。如歌中所唱，他们是沿着南安老家从溪尾、尾岭、官桥，经晋江的安平到达候船的厦门，一步三回头地怀着不甘和不舍的万般愁绪，触景生情，边走边唱，离乡别亲，走向茫茫大洋的。《过番歌》还有安溪、永春等多种异本，所不同的除若干细节之外，就是沿途所经地点的不同，这些烙印在他们心中即将远去的故乡的地名，寄托着他们心中的痛和痛中的梦，是对别离的不忍和对未来微茫的期待。那种到最后只剩下空无的对命运怨怼的情绪，在所有过番歌里都是相同的。

然而命运就是这样，中国的文化以土地和血缘为中心，但是文化的力量敌不过现实生存的逼迫。尽管明知"南洋不可行"，但还是有一代又一代后人循着父辈并不成功的足迹，向大海走去。这已成为几乎所有华侨移民家庭的宿命。在浩如过江之鲫的移民中，我的太祖父应该算是幸运的。他虽不算是那种发迹的"大番客"，但总算有幸回到老家置办一份家业，养育了一大家子女儿孙。但即使如此，他们的子孙仍然难逃这一宿命，依然一代一代地循着父辈的足迹，到那片异邦的土地，从头开始打拼。如此循环不已，代代相继。以我们家族为例，就我所知，继太祖父之后，就有我曾祖父兄弟多人、我祖父兄弟三人，我父亲、伯伯、叔叔七个兄弟，整整四代，几十个男人，前赴后继地沿着这条此去茫茫的风波之路，最后埋骨在异邦那片灼热的土地。

如今，在无数白天和无数黉夜的梦中，我站在厦门太古码头望着滔滔远去的大海，遥想曾经从这里出走的无数过番客，才慢慢悟知，曾经的一个移民时代已经结束，直到再过三十年，才有另一波新移民时代的到来。

逝去的历史已经暗淡，但重生的历史却辉煌着今天。

如今照耀着无限未来的"海上丝绸之路"，是个十分风光的名词，这个字眼充满了柔软、华贵、辉煌和神奇，闪着丝绸一样的柔性辉光。可是你可曾想到，在这条通往南洋、通往世界的风波路上，它的另外一面曾经演绎了多少悲离死别的故事。这条如今风光无限的"海上丝路"，是数百年来无数华人移民的血泪和生命最先铺就的。在茫茫无边的风吟涛唱中，你可曾听到那一缕思念的苦、伤离的痛、死别的恨、谋生的艰难和拼搏的坚忍？

祖父的相片

祖父走了！他的相片一直挂在伯母家大厅的墙上。那双慈祥的、睿智的眼睛，静静地望着我们。

早些时候，祖父过世后的神主牌位就供在伯母家大厅长长的香案上（到伯母年近百岁时才移到寺庙）。逢节做祭，祖父留在厦门的几家儿孙都会烧几碗小菜，合起来摆到伯母家大厅香案前的八仙桌上，一起祭奠。每逢这时，是亲人们互相走动的机会。祖父生有八个儿子两个女儿，除了五叔和八叔，男人们都远在南洋，留在家的主要是女眷和孩子，便也显得格外热闹。每当这个时候，我总是要对着墙上祖父的照片端详许久，生出许多遐想。

照片上的祖父，一身西装，微微眯着眼睛笑着，那么适意，那么雍容，慈祥的眼角透出几分聪敏，又显得那么睿智和敦厚！这照片大约是在祖父不满五十岁时照的。只是不知那时祖父是在菲律宾，还是在香港。猜想那时的祖父，事业应该发展得不错。

其实，到我这一辈，对祖父已相当陌生了。这在华侨家庭，都是常事。长辈过番海外，如果后辈没有跟着出去，留在国内，对长辈都只

　　祖父刘箴西，族谱中称其"温恭诚恪，聪慧多能"，是"商场中之良善，社会之青年"。祖父于抗战胜利后从海外归来，翌年即病逝于鼓浪屿。我们这辈人，对祖父多不熟悉，他的相片挂在伯母家的大厅墙上，儒雅的神态，慈祥的目光，一直留在我们心中。

有一点印象。何况我这一代都出生在抗日战争以后，当时都还太小。祖父及父亲、伯叔一辈，都被阻隔在海外。我这一辈不仅对祖父，连对父亲、伯叔，都很陌生。我是家里的长孙，1937年出生，次年日寇就侵入厦门，只是暂时还未进入号称"万国租界"，驻有英、美等国领事馆的鼓浪屿。然而很快，1941年太平洋战争爆发，日寇立即进入鼓浪屿，随即又占领菲律宾。祖父和父亲、伯叔都被阻在菲律宾，无法归来。直到抗战胜利后，祖父才扶病回到鼓浪屿，次年就病故了。所以我这一辈对祖父很陌生。

日寇占领菲律宾，祖父受到极大的打击。这种打击，既是物质上的，也是精神上的。我当时还太小，无法细知详情，只知祖父被迫离开菲律宾，避难香港。此时祖父正当盛年，身体却垮了，总算挺到1945年抗战胜利，才扶病归来。鼓浪屿的褚家园，在悲喜交杂的氛围中，只热闹了几个月，祖父便于1946年的初夏过世了。原来那个庞大的温馨的家，便也断枝落叶，崩然消失了。

所以，挂在伯母家大厅中的那张照片，是祖父留在我们心中最亲切、最难忘的形象。

祖父早秀，这从族谱上可以看得出来。南安刘林刘氏族谱的最后一次编修在1928年。族谱记载清晰，祖父生于光绪辛卯年（1891）。他少时赴菲谋生，这是家族的规矩。年轻时在家乡、在海外已有佳名。族谱上有一段赞语，对其品性修为、为人处事多有褒扬。称其：

> 禀性温恭诚恪，聪慧多能；事亲孝，衔下宽；交友信，处世和；外则儒雅，内则明敏；喜怒不形于色，得失不易其志；不骄

不吝，无诈无贪；人多敬爱之。商场中之良善，社会之青年也。

本来族谱所记都十分简洁。一般都是生卒年月，子息世系，除非有重要贡献的人物，才难得能有一段题外赞语。祖父能获此赞语褒扬，实属非易。何况当时祖父还年轻。这次修谱完成于1928年，此时祖父才三十七岁。如果再考虑修谱之事繁杂琐细，提前完成的文稿到最后出版会有一定的时间差，短则一年半载，长则三年五载，都说不定。所以这段赞语结尾称祖父是"商场中之良善，社会之青年"应是实言。祖父年少有为，事业早成，自青年时代开始，其道德品性、人格魅力就为宗亲、社会所尊崇！

在南安刘林我们这一支脉的历史上，自太祖父澄洋公于1857年第一个蹈海过番，开了我们家族下南洋的先例，此后数代子孙便皆循此前赴后继。曾祖父培成公将家从南安刘林内山迁来厦门，于20世纪20年代在溪岸街"大品仔内"老屋前，留下一张百年前的全家福照片。到了祖父，他又领着全家从厦门老城的溪岸街搬到鼓浪屿，租住在1932年刚刚落成的褚家园一楼。从太祖父、曾祖父到祖父三代，也就是从19世纪中叶到20世纪初叶，不足百年间，从南安内山的一个小山村蹈海谋生并迁居厦门，完成了从农村到城市的转型。这个过程也是19世纪以来的大移民时代许多人从闽南农村走向海洋、播迁世界的蜕变过程。

我们家族的迁徙，只是一例。

当年祖父放着厦门溪岸街"大品仔内"大厝不住，毅然搬来鼓浪屿，即使只是租住，究竟是为什么？20世纪二三十年代，正是厦门现代化建设最活跃的时期。鼓浪屿最早接受现代化建设的理念，或许祖父也像许多归来的华侨那样，希望在鼓浪屿觅地盖楼，只是事未顺遂就遇上抗战爆发，日寇侵入厦门，拖延了下来。现在父亲以上一辈的人都不在了，这已成为一个永远无解的谜和无法实现的梦了。

祖父在菲律宾的事业似乎做得不错，但究竟做什么，我们这一代都不清楚。童年时期，从长辈的只言片语中似乎有个印象，祖父在菲律宾是做侨批的。前几年父亲、伯父留在菲律宾的子女回厦门祭祖认亲，一行二三十人到鼓浪屿褚家园探访，恰遇侨务部门的人来打听，询问这里是否住过当年在菲律宾开"批馆"的人。仿佛就应在祖父身上。如果是这样，祖父早年在菲律宾确是发展得还不错。

不过，祖父的晚境并不太好。日寇侵菲，避难香港，所谓事业，所谓财产，都付诸硝烟之中。

祖父是不幸的。一个怀有大志、事业早成的人，正当盛年，骤来的一场战争风暴不仅夺走了家业，也摧残了健康。我想，当祖父在病榻之上即将远去时，他内心一定十分不甘，还有许多未竟的事，成为终生遗憾……但祖父又是幸运的。他终于能在临终之前，在战争结束后，回归故土，不必像许多海外游子那样，葬身在异邦的土地上。

这就是寄身异邦的华侨，任随命运驱遣的华侨！

祖父的照片一直挂在伯母家大厅中。伯母百岁临终前把它移交给了八叔。但照片上祖父的儒雅形象一直在我们心中，他那慈祥、睿智的眼光，始终亲切地望着我们……

魂兮归来

在我的生命里，有一片小小的、不属于我的天空，无论风和日丽，或是浓云密聚，它都笼罩在我的头顶。

1963年早春，我突然接到母亲从厦门打来的加急电报。那时候我刚从北京大学毕业，踌躇满志地申请回到福建，却意外地分配在闽西北山区一所与我专业相去十万八千里的工业专科学校教语文。我以一种罕有的旷达接受了命运的这份"赐予"。我不知道，在我总以为应当是阳光灿烂的生活里，一颗怎样的命运之星照临我的头顶。

电报只说母病速归。我惴惴不安地连夜搭火车赶回厦门。

一位与我年龄相仿的叔叔来车站接我，这是从未有过的事，心中不免诧异：出什么事啦？但他没说什么，只默默将我随身携带的挎包放到他自行车的后架上。

到了家门口，门楣上坠着一缕细细短短的红布缨，在寒风中微微飘动着。对于世俗常识近乎无知的我来说，根本不知道这红布条所包含的深沉意味。

上得楼来，只见一屋子慌慌乱乱的人。平素不常走动的伯母、姑

　　父亲刘儒宗（字元捷，一作园捷），摄于20世纪三四十年代，拍摄时已与母亲结婚。我们兄弟与父亲实际相处的时间不多，尤其是生于1946年的三弟和生于1948年的四弟，几乎认不得父亲。唯有这张照片，保存了我们对父亲最英俊、潇洒的记忆。

妈等等亲人都来了，团团围着躺在床上无声咽泣的母亲，劝抚的，垂泪的，乱成一锅粥。

我才知道，父亲在菲律宾去世了。

消息是由在菲律宾的伯父传回来的。父亲在远离马尼拉的纳卯（听说是在南部的棉兰老岛上）族亲的商店里当簿记，半年多前查出患了不治之症。他最后的一段日子是在自己大哥的照料下度过的。他的后事也由伯父帮助料理清楚，然后才写信传回唐山家里。

母亲见我到家后挣扎着从床上支起身子，一把将我搂进怀里。至今，她那泪湿的、凄然的声音还不时在我耳边响起：

"孩子，你没有爸爸了！"

爸爸？在我的记忆里，爸爸是个模糊且遥远的影子。

坐在高高的门槛上，两个稚齿蒙童不知为一件什么小事争了起来。拿着一块白白软软橡皮擦的那个，把手举得高高，炫耀地说："我爸爸是开大商店的，有很多很多橡皮擦，你没有……"

"我爸爸……我爸爸……"我不知道爸爸是干什么的，猛急，突然蹦出一句："我爸爸是开橡胶园的，橡皮擦比你更多更多更多……"

这话不知怎么被人听去了，学给母亲听。当夜，母亲搂着我，我感到有眼泪滴在脸颊上，痒痒的。

那正是我们最困难的日子。太平洋战争爆发，侨汇断绝了。母亲靠她一双手，白天替人家洗衣服，晚上熬着黯淡的灯光织毛衣（母亲织得一手好毛衣，会打百十种花样），艰难地带着我和弟弟。偶尔在深夜里突然响起一阵急急的敲门声，伴着低低的叫唤声。母亲赶紧披衣下床，摸索着去找印章。这是父亲辗转从香港寄信或汇钱来了。我不知道当时的水客为什么总是在深更半夜递送批信，是为了及时，还是为了掩人耳目？每当遇到这样的日子，我们就像过节一样快乐好一阵子。尽管深夜的敲门声一年里难得遇上三两回，但它带来了那些黯淡年月最为快乐的日子，带给我们激动、想象，还留给我们一串长长的希望和等待。

在我幼小的心灵里，对于父亲最深的记忆，就是这深夜急急的敲门声了。

抗战胜利后的那年秋天，祖父带着父亲和伯伯、叔叔从菲律宾回来了。但仅过半年多，祖父病逝，这个大家庭便散开了。我们家搬到厦门，刚安顿下来，父亲又要走了。他就是如此每年回来住个把月，每次走时母亲的眼睛总要红肿好几天。直到1949年的春天，父亲一走就再也没回来了。记得最后载走父亲的是一艘俗称"十三港"的"芝渣连加"号万吨轮。我和母亲上船去送父亲，母亲一脸离别的伤情，而我只好奇地望着甲板上有几个外国人在戏水的湛蓝湛蓝的小游泳池，完全没注意当时父亲的神情。

那时候我小学快毕业，来去匆匆的父亲来不及爱抚我们。我们不会在他面前撒娇，他也不曾严厉管教过我们，因此不曾留下什么印象。只是后来他每次给母亲写的信我都要悄悄翻出来看，知道父亲的字写得极清秀。除此而外，就是他抗战胜利后回国那次带回的一支长把平底煎锅，虽然锈迹斑斑了，还一直挂在厨房的墙上，仿佛一个象征，提醒我们父亲的存在；还有一床草绿色的单人蚊帐和一条绿色毛毯，似乎都是"二战"结束后驻菲美军拍卖的军用物资，母亲放进行李箱，让我带到北方陪我度完五年有风有雨的大学生活。

这是父亲（二排左四）在菲律宾留下的照片，摄于1939年。父亲利用业余时间在菲律宾宿务华侨夜校进修英文簿记科，毕业后从事会计职业。小时候常听母亲讲，父亲在纳卯一个亲戚的商店里做事。父亲应该有一段时间在宿务谋生，才有去读夜校的可能。

这大约就是父亲留给我的最贴切、具体的记忆！

然而，这个在我实在是模糊且遥远的记忆，当我步入社会以后，却变得无比沉重。

大学毕业，我原有一个很美丽的梦。系里征求我的读研意向。我正犹豫，突然听说福建有个单位要求分配一名大学生——"大跃进"以后，我所在的学校就很少有长江以南的分配指标。想起孤独的母亲和三个尚在读书的弟弟，我放弃了读研的愿望，在几位闽籍同学的竞争中，受惠分配回故乡。

我想故乡会张开双臂欢迎我的。

当我兴致勃勃地拿着介绍信去省人事局报到，等待我的却是一张冷冰冰的面孔。

"根据当前形势和你的情况，原来的分配方案有所变动，你回招待所先住下，等候重新分配吧。"

我的情况？什么情况？我一脸茫然，只能"回招待所先住下"，此后每日去省人事局候命。这样等了一个多星期，我给入学前曾经工作过的厦门日报社打了电话，报社总编李齐同志听说我分配回福建很高兴，说立即派人来联系让我回报社。然而又等了一个礼拜，还无消息。忍不住告诉人事局，说《厦门日报》想要我。不料却反遭一顿斥责，说这里不是自由市场，不容自己联系工作。如此又等了些天，省人事局决定分配我到闽西北一座新建城市的工业专科学校。我想分辩，突然瞥见桌上搁着一张毕业生分配表格，我的一栏比别人多出一行备注：

该生海外关系复杂……

我突然什么都明白了，连同大学时一些不甚明白的事也都明白了。我什么也不再说了，第二天把简单的行李一捆，"支援"工业建设去了。后来我才知道，当时蒋介石正叫嚣"反攻大陆"，厦门正往山区疏散有问题的人口，我因"海外关系"大约就被归入有问题的那类人里了。

这一去，差不多付出了我将近二十年的时间——最好的二十年。

不久，我的一段大学时代的感情又告吹了。她来信遮遮掩掩地表示，她所在的那个中央单位对海外关系掌握极严……有了上回分配工作的经验，这次我极冷静地处理了一场感情变故，我们平静而友好地分手了。

我知道这并非是我个人的偶遇，而是我出身于华侨家庭的"身份"的必然。我和我在海外谋生的父亲的关系，即使再淡漠，也是一个挣不脱的关系。在当时的特殊社会氛围下，理所必然地会获得这样一份"赐予"。

事业、爱情……我开始享受父亲在生前未及给予我们的各种"恩遇"了。

当然，这还只是开始。越绷越紧的阶级斗争那根弦，以及继之而来的各种政治运动，我都不能免受其"惠"，包括母亲的不幸，和母亲离世后整个家庭的破碎……

异常的年月，反倒使我本来失常的人伦感情复归了正位。我不能不常常思念为了一家温饱而离乡别亲、谋生异邦的父亲。不，这不是他的错，这是历史的"命定"！我不能不常常在梦中含泪呼唤那还在异邦土地上流浪的游魂……

啊，父亲！

伯父的来信里，夹着父亲的一小片"衫仔裾角"。这是从父亲生前贴身的衬衣前襟上剪下来的。按照闽南华侨的风俗，人死异域，必得持着这一小片"衫仔裾角"到海边为他引魂，才能使漂泊异邦的灵魂回到故土安息。

闪闪熠熠的烛火和袅袅的细香，缭绕着父亲放大的遗像和那一小片"衬衣裾角"。一群女人抽抽噎噎捧着遗像和"衬衣裾角"往海边叫魂去了。

我没有去。我得留下来陪伴再也无力从床上挣扎起来的母亲。

悲戚的哭声从海边隐隐约约传来，伴随着一声长一声短呼唤父亲名字的声音。时昏时醒的母亲，只有两行眼泪是清醒的。昏迷中，她紧紧抓住我的手，抖着嘴唇念着："回来了……你爸爸……回……来了……他说……我……为什么……没去接他……"说着，挣扎着就要下床。一会儿，仿佛又很清醒地说："你放……心……我不会……死……你爸……说了……还有三个小的……没……长大……"悲痛中母亲仍在想着未来的生活。我感到一种力量，一种仿佛生来就是为了挑起艰难的伟大的母性力量。我已经没有了父亲，我不能再失去母亲！

那天夜里，海潮仿佛特别狂烈。潮声和哭声，把夜搅得更加凄静。悠悠风中依稀可以辨出哪是伯母、哪是婶母、哪是姑妈的哭声。她们都哭得那样凄切，那样惨烈。她们不仅是在哭一个过番的亲人，也是在哭她们自己。她们都曾有过（或者将会有）和母亲相同的遭遇和结局。

这些哭声和命运都令人心颤的侨乡的女人们啊！

在我的家族，差不多每个男子长到十六岁成丁的时候，都要漂洋过海下南洋去谋生，像他们父辈胼手胝足苦斗在那块并不属于自己的灼热的土地上；无论业有所成还是一无所获，都要回到家乡娶妻生子，留下一息香火，然后再度踏上异邦之路。像一只凭风远去的风筝，飞得再高再远，也有一条细细的线，系在故土这棵大树上。或许自兹一去，终生不返；或许牵肠挂肚，顾念家小，他们中的大多数最终不得不将一把骨殖埋在生前浸满自己血汗的异域土地上。而他们灵魂漂泊的这片他人的天空，仍将覆盖在孑遗的亲人头顶，是祸是福，都由亲人承戴，不断呼唤着后辈重复先人的道路。就我们一家，仅我所知，就有祖父三个兄弟，父亲六个兄弟一个姐妹，十几口人埋骨在那方异国的土地。他们身后留下的每个家庭，都有一部长长的小说。

这样的命运，到我这一代曾经告一段落。然而，这片陌生且遥远的天空并未离去，依然如此沉重地笼罩在华侨家族后人头上。20世纪80年代以后，事情又有了反转，许多华侨子女为探亲继业，重新踏上父辈之路。说是岁月的延续也好，传统的更新也好，对于侨乡子弟，都恍如胎里带来的印记，无由选择，也难以超越了。

凄戚的哭声越来越近，去海边引魂的人大约就要回来了。

这么多年过去了，我不知道父亲的游魂，是否真正在故土安息了。常常在深夜，莫名其妙地听到那晚的哭声，我就在心中遥祷：那片曾经埋下我无数亲人骨殖的土地和天空，我先人的游魂，请接受一个无法到达你们身边的晚辈薄薄的祭奠吧——

啊，魂兮归来！

母亲是一座山

写下题目，心情有点沉重。是的，我多么想说，母亲是一首歌，母亲是一条河……但是，于我而言，只有把母亲比作一座山，才能表达母亲在我心中的分量！

厦门港的女儿

母亲是厦门港的女儿。

厦门港在厦门岛的东南角，临海，是厦门的出海口。早先，厦门城很小。明洪武帝坐朝的时候，为防倭寇，设永宁卫中左所御千户所，开始在原称嘉禾屿的地方筑城。史载，江夏侯周德兴奉旨围城时，城墙周长仅四百二十五丈；此后历朝历代，虽略有增高扩大，但从清道光《厦门志》的一幅"厦门全图"看，厦门城只在当年叫作巡司顶的一个小小的地方，城内除提督衙外，还有城隍庙、关帝庙、玉屏书院等少许建筑。城寨四周有东西南北四座城门。出了东城门，穿过鸿山和麒麟山之间的镇南关，往前走就是厦门港了。

"厦门"在围城里，厦门港在围城外；城里人看厦门港，有一种看"城外人"的偏见。其实，厦门的命脉，一大半都在厦门港。无论明朝抗倭，明末清初郑成功踞厦门设思明州，还是1686年康熙以泉州府海防同知分防厦门，其衙署都在厦门港；乃至后来商舶往来、渔船会聚，发展成著名的汛口、商港、渔港，厦门大部分的海事、侨事、商事和渔事，都从这里热闹起来。鸦片战争后，厦门开埠，商贸发展多在围城外面，于是民间口传中又有了"内街""外街"之别。20世纪20年代末，厦门围城已被踏破，开始在城外大兴土木，这是厦门城建史上最重要的一次现代化改造，修堤筑堰，填海造地，开路盖楼，奠立了今日厦门的现代形貌。当年热闹的沙坡头渔港，也因电厂建设的需要迁至沙坡尾，带来了厦门港再度繁荣的契机。

1919年出生在厦门港的母亲，很幸运就赶上了厦门这波现代化浪潮。她的童年时代和最初的青春岁月，就是在这样的环境里度过的。

母亲曾说外祖父是开渔行的。开渔行在厦门港是最常见的行业。当时厦门港有几十家渔行，再加上鱼贩，还有与讨海有关的各种行当，如捕鱼和卖鱼，几乎构成了厦门港人最普遍的职业。不过我没见过外祖父，只在抗战胜利后，我们家从鼓浪屿搬到厦门，随母亲去过舅舅家。外祖父已经过世，家境也衰落下来，留下老屋，就在大生里边上，应该是住家，不是当年的渔行档口。老屋的隔壁是格局宏大的洪氏大宗祠，母亲姓洪，那是他们的家庙；再隔邻几间就是门前站着两排石人石马的延平郡王祠。大人在屋里说话，小孩就到宗祠的大埕和隔邻的郡王祠玩，神奇地摸着那比我还高的石人石马。可惜1958年修鹰厦铁路的延伸线，铁道从洪氏宗祠的边上穿过，把宗祠连同外祖父的老屋各劈去一半。大舅去了香港，二舅也随大舅去了香港几年，只有小舅依然在那劈去一半的老屋居住。后来宗祠后面的山上又建起火葬场，剩下的宗祠也修成殡仪馆的大厅。那时我已离开厦门去北方读书，回厦度假时才听说，心头一阵怅然。童年留下的关于外祖父家的一点记忆，已无迹可寻了。

外祖父在时的家境应当还不错，而且外祖父不像是个太古板的人。趁着厦门的现代化浪潮，他让母亲读到中学（应该是初中吧），好像学的是家政；也允许母亲参加一些社会活动。所以母亲的童年和最初的青春岁月，是在一个比较开明、快乐的环境中度过的。这对于20世纪30年代生活在厦门港渔区的女孩子来说，应该算是幸运的。

母亲对她的少女时代不常说起，只偶尔在话语间稍稍提及，语气里充满深深的怀念。那应该是母亲最快乐的时候。

如果说母亲是一首歌，应该就在这个年岁。20世纪30年代中期，十五六岁的母亲曾经活跃在篮球场上。那时她青春靓丽，接受新式的现代教育，赶上了厦门第一波现代化浪潮。在母亲留下的一些照片里，有一张20世纪30年代中期篮球队合影，那是她所在的女子篮球队远征菲律宾时的合照。

照片已经灰黄，边角有点破损，但影像依然清晰。九位女运动员排成三排，左右两边站立的应是领队或教练。母亲就蹲坐在最前面一排的正中。胸前的图标已看不清，但一色的运动服，一色的短发，青春靓丽，充满了朝气。

不过，这样快乐的日子太短了。

母亲十七岁出嫁时是1936年，次年生了我，就不能再奔跑在篮球场上了。母亲对此十分惋惜，常常提起。其实她与篮球的缘分一直未了。

母亲有个十分要好的女友——用今天的话该叫"闺密"，也打

　　这张为母亲珍藏的女子篮球队远征菲律宾的合影，迄今已有八九十年，当时只有十五六岁的母亲，屈腿坐在第一排的正中，青春靓丽，风采照人。20世纪30年代初期，成长于厦门港渔区的母亲，其少女时代正赶上厦门第一波现代化浪潮。她得以进入新式学校接受现代教育，能够参加一些社会活动。女子打篮球极为少见，母亲意外成了篮球场上活跃的一员。

篮球，是我刚出生就拜认的干妈（那时她还未婚，是个十七八岁的女孩）。她中学毕业后到上海读体专，后回厦门当中学体育老师，是当年厦门篮球界的名媛。她的男友是厦门一家著名参茸行的少东。抗战胜利后我家搬来厦门，就借住他在中山路的房子，一直到我们这个家散落。

　　一个生意上的成功人士，偏也十分喜欢篮球，所以才和母亲的闺密、我的干妈结成伴侣。因为爱好篮球且有钱，便掏钱搜尽厦门的篮球好手，组织了男女两支篮球队，自任队长。好像都叫"同余"篮球队，为什么叫这个名字，当时不懂，现在还是不懂。因为我们住的是干妈男友的房子，球队的许多事情便常聚在我家商量；我也曾跟着母亲到小走马路的青年会篮球场或同文书院山顶的篮球场，看他们训练、比赛。不再打球的母亲实际上成了篮球队的后勤。那男女两支球队在厦门颇具声名，还常到外地比赛。1948年第七届全国运动会在上海举行，这两支球队改名"余余"篮球队，代表厦门去参加比赛。那时母亲正怀着四弟，最初的筹备都还参与，待动身出行时就只有送行的分了。后来谈起，难免有点遗憾。

　　这或许是"同余"或"余余"篮球队最后的一抹辉煌，也是映照着母亲少女时代的一抹珍贵记忆。上海比赛回来，球队就解散了。干妈和她的男友不久去了香港，并在那边定居下来。三十多年后的1984年，我因参与一本关于福建的资料书的编写，第一次到香港校对，便抽空到薄扶林道去看望干妈。干妈有些发胖，她先生已经过世，谈起母亲，不禁唏嘘。几年后她随着孩子移民加拿大，住在温哥华。我恰好于1999年到温哥华出席一个学术会议，又有机会去看干妈。干妈一家住在列治文区，那是大部分香港新移民落脚的地方，通行粤语，还有许多家从香港

　　20世纪40年代后期，母亲（右一）和干妈（中）及其妹妹在胡里山海滨浴场合影，三人迎着海风，秀发飘拂。干妈是母亲少女时代的球友，毕生的闺密。1949年干妈移居香港，后来又随子女移居温哥华；干妈的妹妹历经一番坎坷，移居美国。照片为1999年我到温哥华参加学术会议，拜望干妈时，其所赠。岁月沧桑，照片上的人风采依旧，却是人事皆非。

迁来的粤菜馆，仿佛和住在薄扶林道没有太大区别。临别时，干妈抖抖索索地摸出两张年轻时在厦门和母亲的合影，说："这次从香港搬来温哥华，舍不得丢掉，特意带在身边，想来再也回不去了，还是留给你保存吧。"

听到这话时，我突然一阵伤感。细看照片，母亲和干妈，还有我叫七姨的干妈的妹妹，迎着厦门港胡里山海滨浴场吹来的风，头发飘动，历经半个多世纪，依然风采照人。

时局弄人。母亲过早地谢世，是她的不幸；而曾经是篮球名媛的干妈，最后也离乡背井，寂寞地终老在遥远的异国他邦。人生难料，是耶非耶，谁能说得清？

鼓浪屿的媳妇

母亲十七岁嫁到鼓浪屿，成了刘家的媳妇。

虽然刘家世代华侨，从太祖父到父亲这一辈，过番到菲律宾已是第四代了，但在鼓浪屿，刘家只是个普通的华侨家庭。上推几代，放到老家南安码头镇的刘林村，或许还算不错。太祖父澄洋公自清咸丰年间（1857）赴氓，从底层打拼开始，最后与胞弟合开糖栈，收获颇丰。业成回南安刘林，《族谱》记载："构大厦，筑书斋，广田园，置山场……"还为他祖父、父亲和自己三代输资捐官，带着四品顶戴荣宗耀祖。曾祖父培成公应该也还不错，是他赴菲归来，把家从南安刘林迁到厦门，购屋置业，晚年留下的一张百年前的全家福照片，祖孙三代二十人，个中有几位菲律宾服饰打扮的妇女——闽南话叫"番婆"，成为我们家族的成员。待到祖父这辈，年轻时就业有所成。20世纪30年代初，他就把家从厦门老城再迁到鼓浪屿，或许也是企望在鼓浪屿觅地盖楼吧。不幸却遇上日寇侵华，厦门沦陷；随后太平洋战争爆发，日本占领菲律宾，祖父事业遭遇挫折，不得已避难香港；直到抗战胜利后，他才扶病回到鼓浪屿，于翌年夏天病逝。到了父亲这一辈，兄弟几人虽早早去了菲律宾，但都从底层做起。父亲在宗亲的一家商店当簿记，家里留有父亲在1939年于宿务华侨中学夜校第一届英文簿记科毕业的照片，可以证明。这大概是父亲在菲的主要谋生手段，比打工卖苦力稍好一点吧。不过，那时菲律宾的经济情况好像还不错，家中虽非"大侨"，日子过得也还宽裕。

父亲和母亲结婚，应该是"父母之命，媒妁之言"，而非自由恋爱。父亲十六七岁就去了菲律宾，二十一岁遵父命回厦门结婚；那时母亲才十七岁，刚走出学校，是没有机会和父亲相识相恋的。一个青春活泼的少女嫁为人妇，一定会感到突然和不适，可是在20世纪30年代，这并非罕事，也不是她自己所能选择的。

幸运的是，母亲遇见的是父亲。父亲不仅长得清秀、帅气，而且常听母亲说，父亲性情也好。两口子一开始便是恩恩爱爱。

这是母亲最幸福的一段岁月。

然而这样恩爱的岁月并不长。母亲1936年结婚，1938年日寇就侵入厦门。鼓浪屿虽被称为"万国租界"，驻有英、美等国领事馆，日寇一时还不敢进入，但周围的海域都被封锁住。1941年年底珍珠港事件发生，接着太平洋战争爆发，父亲便被阻在菲律宾回不来了。从1936年结婚到1941年，两人虽说前后相处五年，但父亲在菲律宾谋生，即使每年都能回来一两趟，每次居留个把月，夫妻相聚的时间加在一起也不过一

　　1936年，父母亲结婚合影。其时父亲二十一岁，母亲十七岁，两人虽因"父母之命，媒妁之言"而结合，然而于万千人海中，幸遇知音，恩爱一生。华侨人家的男子谋生海外，一年难得回家一两次，短暂相聚又得出外；侨乡女人空有名分，却长年累岁抚儿育女，独守空房。从1936年结婚到1962年父亲病逝，父亲和母亲结婚号称有二十六年，但真正相聚的时间少得可怜。守望、思念、等待，这就是侨乡女人的"命"。

年左右。这是第一段。如果再加上抗战胜利后父亲从菲律宾回来至1949年最后一次离开，自兹便永隔在菲律宾，这前后四年，是父母相聚的第二段时间，同样是来来往往每年一两个月。一对恩爱夫妻能够团聚的时间，两段加起来，号称十年，但真正在一起，能不能满两年？

这就是华侨！这就是嫁为番客妇的侨乡女人！

1941年岁末，日军随着太平洋战争爆发的炮声，进入鼓浪屿。一个大家庭，男人们大多困在菲律宾，女人们则各自往内地乡下分散投亲逃难，只有母亲带着四岁的我和两岁的弟弟，留在鼓浪屿守着褚家园那个家。那时母亲不过二十二三岁，却担起了这么大的责任。

日本占领鼓浪屿的四年，是最艰难的四年。那时我说懂事也不懂事，弟弟更懵懂。鼓浪屿的女人比男人多，男人多被困在海外。街上的行人少了，而街头站岗的日本兵却多了，稍有不慎，便要遭到训斥或挨个大嘴巴。侨汇几乎断了，批信也没了，母亲的脸上渐渐堆起了愁云。最初还靠点积蓄，但有出无入，坐吃山空，母亲只得找点零活贴补家用。记得有一段时间母亲帮人洗衣服，每天把手搓得红红的。那时最盼望的是夜深时分会有人轻轻扣动门窗，压低声音传来的一句："侨批到了！"那是父亲辗转寄来的安家费，还有平安的信息……

不过，这样的时候很难得。

厦门沦陷七年，这是我的整个童年。生活教会了我对日本侵略者的憎恨。1944年秋天，我开始上小学。一年级就要学日语，心里不情愿，但也无奈，就把日语的某些词（如"再见"）用闽南话谐音念成骂人的粗话。每日放学，冲着日语老师憋足劲地狠狠骂一句。总算熬到了抗战胜利。不久，祖父在孩子的陪伴下抱病归来，相继归来的还有分散避

　　初搬到中山路时的母亲，照片留下她最快乐一段日子的笑容。祖父病逝后，鼓浪屿那个大家拆散了，父母搬到厦门建立自己的小家，母亲成了真正的主妇。从少女时代就有一双巧手的母亲，家里事无巨细，都由她亲手布置、打理，舒适而温馨。那几年在菲律宾谋生的父亲也常常回来，很快我又有了三弟和四弟。家里人多了，母亲忙不过来，认了个干女儿来帮忙，每天热热闹闹的。唯有这段岁月，母亲脸上常露出笑容。

难到乡下的二祖母、伯母、婶母、姑母等。鼓浪屿的褚家园重新热闹起来。这是历经战乱和离散后的重聚，每人脸上洋溢着"胜利了""太平了"的喜悦。母亲守在褚家园等待大家归来，那种兴奋更超乎众人。不过，这样的欢乐很短暂。第二年夏天，抱病归来的祖父只坚持了半年左右，就病逝在鼓浪屿，总算挣扎着将一把骨殖埋回了故土。偌大的一个家，顿时像散了架一样。祖父不在了，家中失去了主心骨，兄弟各家在海外本就分开谋生，便商量着把褚家园退还房东，一个熙熙攘攘的大家庭便这样散去了。

那年我九岁，亲历了一个大家庭的再次离散。对于华侨而言，这是许多家庭必会遭遇的命运。

搬出了褚家园，母亲先在鼓浪屿找了个地方暂住，不久搬来厦门，借住在古城西路那幢著名的带有一个小花园的华侨楼里，最后才搬到干妈男友在中山路的房子。为搬家折腾了经年，这才算安定下来。

为此，父亲决定找块地自己盖幢房子，后来在靠近思明南路的普佑街买了块地，遗憾的是时局变化，地买了，楼终未盖成。

这是母亲又一段快乐的日子。搬出了大家，建立自己的小家，母亲便把全部心思放在小家上面。在我的印象里，那些年父亲常常回来，每次回来都带着大包小包，恨不得把菲律宾能搬的都搬回来。像喜鹊做窝，一只匆匆飞来飞去的鸟，一棵草、一粒籽，都往窝里"衔"……

快乐的日子总是过得很快。四年里，我又多了两个弟弟。家里小孩子多起来了，母亲照顾不过来，认了个干女儿来家里帮忙。

时局正在变化。当时读小学五年级的我还不懂事，曾经历过抗战时期两地分隔的父亲和母亲，都有点担心。

　　1948年岁末的全家合影。那时四弟刚出生不久，父亲从菲律宾回来探亲，不久即返回菲律宾，这张照片不想竟成了我们和父亲的最后合影。时局变化，海路阻断，父亲远隔在茫茫的大海那边，直到1962年病故。父亲赴菲时，母亲带我上船送别，不想就此成为永诀。这一生离实如死别，其留在母亲心上的痛，不知如何言说也永远无法言说！

1948年岁末，四弟出生不久，父亲回来看望。次年早春，父亲又要回菲律宾。母亲第一次让我陪她送父亲上船。那是一艘叫作"芝渣连加"号的万吨轮，因为吨位大，靠不了岸，只能停在厦门和鼓浪屿之间的后海。我们要从太古码头搭乘接驳船才能上远洋轮为父亲送行。没想到，这竟是母亲和父亲的最后一面，也是儿子和父亲的永远"挥别"。

我永远记得，当接驳船把母亲重新送回太古码头，母亲失魂落魄地守在岸边，两眼红肿，一直不肯离去，目送着海中载着父亲的那艘庞然的万吨轮在汽笛的鸣送中喷吐着黑烟，渐渐地变小、变小，像远去的一朵浪花，消失在茫茫的大海之中……

厦门的"番客婶"

父亲走了之后，留下四个孩子，交给母亲。

那年我十二岁，即将小学毕业；二弟十岁，准备上小学四年级；三弟刚上幼儿园；四弟还在牙牙学语。

而母亲，当时也才三十岁。

偌大一个家，母亲纵有十只手，也难以照料。原先母亲认养的一个干女儿，又在这一年出嫁了。实在照顾不过来，母亲邀了一位我叫伯母的中年姐妹伴，带着一个和我一样大的孩子，搬过来和我们一起生活。

我不知道那些年月母亲是怎么撑过来的。最初好像还好，或者三月，或者半年，还有一点侨汇断断续续寄来，只不过不是从菲律宾直接寄，要绕道香港辗转托"走水"的人送来，当然费用更高。渐渐地，连这样的侨汇、批信都没了。母亲靠着父亲留下的一点积蓄，再加上自己的一双巧手织毛衣，勉勉强强补贴着把日子撑下来。那些年，两根细细的毛针日夜不停地总在母亲手上翻跶，长长的一团毛线在母亲手中会织出百十种花样，三天两日，就变成一件高领的羊毛衫，或者鸡心领的羊毛背心，或者女式的羊毛外套，或者小女孩的羊毛连衣裙……最初，织毛衣是母亲少女时代的游戏，慢慢成了打扮孩子的技能或替朋友帮忙，后来知道的人多了，都来找她织，就变成了一门副业。家里的大衣柜里，有一个抽屉专门用来装羊毛针，足有一两百支，粗的、细的、长的、短的、木质的、竹子的、铜的、塑料的……另有一个柜子用来装织剩的各种毛线头，它们有长有短，五颜六色。有时候，母亲会从中挑几段色彩鲜丽的毛线，在织好的毛衣上绣朵绒花，或在上面镶进一点图案。许多年了，即使母亲去世以后，这些羊毛针和羊毛线头线尾我们都一直留着，舍不得扔掉。仿佛它们就是母亲的影子，是母亲含辛茹苦带大我们度过那段艰辛日子的纪念。

家里四个男孩子正在次第长大。父亲远在海外，母亲既当妈又当爸，生怕我们变坏，对我们管教很严。幸好我们兄弟四人都还懂事。一是书都读得不错，二是虽住在繁华热闹的街上，很少去外面野。四人中我是老大，父亲1949年离开时我临近小学毕业，因为时局紧张，毕业后休学了一学期，天天在路边摊租武侠小说看，虽然看小说看得眼睛近视，却整天缩在家里。以前还会和小伙伴们在马路边上玩弹珠子和丢铜板，现在，一颗少年狂野的心转化成为剑侠小说的打抱不平和口吐飞剑。第二年春天，学校特地招了一届春季班，我考上双十中学，每天打着赤脚穿过思明南路那一段尚未铺上水泥的石子路去上学。开学没多久，突然发现家对面新开了一家好几个开间的新华书店，另外还有一家开明书店（一度改名长风书店，还记得那是丰子恺题的招牌）与我家相

　　20世纪50年代，母亲在中山路老家后院的留影。父亲远隔重洋，赴菲谋生，留下四个儿子由母亲独自抚养。生活的重担压在母亲肩头，四个儿子都还懵懂，不能为她分担些许。此时的母亲，为了保持父亲在时的体面，不让我们兄弟显得过分寒碜，自己也努力保持一分优雅，但日夜操劳已使她消瘦、疲弱，没有了昔日的光彩。

隔几间门店。那时的书店都是开架的，各种图书琳琅满目，读者可以把书从架上取下，靠着书柜一泡大半天，没人会来赶。放学后或礼拜天，这里是我的"乐园"。母亲见我有空就去书店蹭书也很支持，家里的杂活就不叫我干，大都落在二弟身上。二弟从小最体贴妈妈，会帮妈妈团毛线，还会踩缝纫机。二弟上高中以后，杂活就由三弟接棒。

家里都是男孩，母亲心里其实很想有个女儿，不过已经不可能了。所以我们兄弟凡有女同学来往，母亲都很热情，把她们当自己的女儿看待。即使我们上了大学离开厦门，这些还留在厦门的女同学还常和母亲来往。

1952年暑假，我因就读于春季班提前一学期初中毕业。新中国成立后国家缺乏干部，学校动员学生报考师范速成班，学生经过一年的速成培训，毕业即参加国家第一个五年计划建设。我和母亲商量后决定报考。一是读师范不要学费，连饭费也不要；二是只读一年，很快就可以出来工作，帮母亲减轻一点负担。哪知道一年后毕业，我年纪太小（十六岁），不好安排工作，转入普师继续读了两年。1955年师范毕业，我意外地分配到厦门日报社当记者，头一个月领到三十七元的实习期工资，高高兴兴地全部交给母亲，心想这回总算真正帮上母亲了。

不想就在这一年，又一件事让母亲伤心。海外传回来的消息，父亲在菲律宾又娶了个"番婆"。男人出外久了，有时为了生活，有时为了事业——有些国家规定，没有获得当地身份的华侨不能置业，许多华侨再娶当地女子，大多就为取得身份。父母一直恩爱，不料也难逃这个宿命。母亲强抑住内心的悲伤，对我说："七年了，你父亲一个人在外面也不易，回也回不来，去也去不了，有个头疼脑热的也无人照顾，就让那个'番婆'来照顾你父亲吧！"

我感到母亲有一颗博大的心！

一年后又一件事让我心神不定。初到报社，我跟着一位老记者跑文教线，常常有机会到厦门大学采访。走在群贤楼宽大的走廊，听着教室里传出来的讲课声，心里十分羡慕。恰好这一年国家号召"向科学进军"，动员在职干部报考大学。这本是合我心愿的好机会，我却犹豫再三，心想：如今我刚刚有了工作，如果再去读书，不知又要增加母亲多少压力。周围适合条件的同学、同事都报名了，我心里热滚滚，表面却装得像无事人似的。倒是母亲先看出来，说："你若想读就去报名吧，别顾虑家里。"听了母亲的话，我匆匆报了名，单位给了我每日半天的温书假，就这样，我考进了北京大学。

母亲每日的操劳，也影响了我们兄弟。不知怎么报答母亲，只有好好读书，几个兄弟书都读得还不错。1960年，二弟考上刚创办不久的福州大学化学系，据他中学的老师说，二弟的成绩本可以上清华的，学校替他报的也是清华，可能是因为福大刚创办，福建省想留点尖子生，就把二弟留下了。1964年，三弟也考上北京大学数学系。唯有四弟，"文革"开始时他上高二，失去了进大学的机会。

家里出了三个大学生，母亲的脸上也有光，侨联、妇联都让她介绍经验。那几年母亲常在街道参加活动，有了一些新的朋友、新的姐妹伴，作为侨眷，还被选为思明区人大代表。

家里的生活，渐渐地安定下来了。

1962年，一件突来的大不幸发生：父亲在菲律宾病逝了！消息是伯父辗转托人从菲律宾传回来的，母亲知道时已是1963年的早春。父亲

　　母亲和她的四个儿子，约摄于20世纪60年代初期。此时我（左一）已从北大毕业，却因海外关系分配在闽西北山区；二弟（左三）就读于福州大学化学系；三弟（左二）正读高中（后考入北大数学系）；四弟（右一）还在读初中。母亲含辛茹苦地养育四个儿子，并把我们逐个送入社会，这是她对我们最大的恩惠，也是她对社会最大的奉献。在母亲心里，这是她对父亲的承诺，也是她无负于家族的慰藉！

在头一年罹患肝癌，虽经伯父及在菲亲人照料，终因医治无效病故。伯父帮忙料理完后事后，才把噩耗经香港传回厦门。此事对母亲的精神打击是致命的，母亲获知父亲不幸时痛不欲生，却决心把父亲遗下的孩子抚养长大。每思及此，内心便如刀剁般痛。母亲自1936年嫁给父亲，至1962年父亲病逝，名义上结婚二十六年，但他们真正在一起的时间，断断续续加在一起，不过两年。这就是侨乡女人的命，"番客婶"的命！父母的感情再好，也难逃这样的宿命！我不忍在这里重述母亲当年的哀痛，只借母亲事后写给尚在福州大学上学的二弟的一封信，让母亲悲郁而刚强的形象，永远留在我们心中。

　　凌翰儿：

　　　　来信已收到了，很想给你写信，但是不知道从何说起。没料到碰到这样大不幸，也真是你们兄弟的不幸。万（原）希望在这段期间克服一些困难，将来交通方便，还是有希望。现在什么都完了，人生一点意思都没有。想你父亲为生活、为家庭，在海外奔波了廿五年，临终还见（不）到儿子、妻子，一把骨头扔在海外。在病中没人看顾，真是呼（？）没人，这些我一生都痛心不完。

　　　　为了继承你父亲未完的责任，我只好勉强偷生，负起重担，而来顾全他的后辈。希望你们兄弟能立志，才不会辜负你父亲这样的下场。

　　　　你要自己保重，不要为我挂心而影响学业。我会自己照顾自己。此字。

　　　　　　　　　　　　　　　　　　　　　　母　彩銮　示

这是母亲难得留下的一封信，写给当时尚在福州大学读书的二弟。1963年，父亲在海外病故的噩耗传来，给了母亲极大的打击。母亲在痛心父亲的不幸中，一方面长久等待的希望破灭了，开始萌生悲观和厌世；另一方面为了继承父亲未完的责任，只好勉强偷生，负起重担，来顾全他的后辈。这种矛盾复杂的心情，让我们感到母亲的刚强和伟大。在侨乡，过番的亲人亡故，如梁倾柱折，这样的悲剧时有发生，是许多侨乡女人难逃的宿命。

　　布票寄来也好

　　或等你回家带来

　　1964年，母亲不幸去世。

　　父亲远离以后，母亲相信，有一日还能够重逢。她含辛茹苦，抚养着四个儿子，怀抱一线希望，想象着有朝一日父亲归来，合家团圆！父亲虽久离，却永在母亲心中，如一点远天上微芒的星光，照耀着她不辞艰辛的人生。然而1963年，当父亲的噩耗传来，仿佛大厦倾倒，连那一点本已暗淡了的星光，也熄灭了。生离和死别，多少华侨人家都会面临这样的困境，母亲也难逃这样的宿命。

　　母亲是伟大的！一个丈夫远离的无助的女人，以自己的坚忍，抚育了四个儿子，把他们一个个送入社会。然而，当母亲最后望着这个对她而言已是空茫的世界，身边却没有一个亲人。二弟已毕业分配到重庆，三弟还在北京，四弟正在学校上课，而我在闽西北的山区里。每思及此，便刀剜般地心痛！这是我永远无法挽回的悔恨。我们兄弟四人，承恩于母亲，却永远无法报答母亲！

生生死死的呼唤

对于番薯，我一直怀有一份亲切的、隐匿的感情。

听母亲说，我出生不久，厦门就沦陷了。日本兵从海上来，祖母便领着我们一大家子"跑反"回到老家南安码头镇的刘林村。内山局促，粮食奇贵，缺少鱼腥，母亲便用山里的番薯糊喂我。一个多月后，我们又回到当时日本侵略军尚不敢进入的有"万国租界"之称的鼓浪屿，我竟长得又白又胖。亲戚邻里都啧啧称奇，说我注定是个"番薯命"。于是我便有了这样一个亲昵的小名：番薯仔。

也因此，我二弟的小名就叫芋头。

许多年过去了，我上了中学、大学，恋爱、结婚、为人父，还不时在报刊上写点什么，有了一个用铅字印出来的颇为庄严赫煌的名字。这时谁再用小名叫我，而且是这样不雅的小名，便似乎会感到有点尴尬。连母亲在我上大学以后，在人前也改呼我的大名，只在我们两人独处的时候，才低声唤我小名。这时候我感到有一种特别的亲切，这是我和母亲之间最温馨的时刻。

自从母亲去世以后，就再也没人这样叫我了，我也不大愿意有人这样叫我。这是母亲的专有，它成了我的一份遥远的记忆，一个隐匿的伤口。

我不知道我对于这个小名，是怀念还是忌讳。有时听谁在谈话中偶然说到这两个字，我即使专心地在忙别的事情，也会敏感地支起耳朵来，似乎这两个字对我的听觉有一种特殊的感应。只是在这两个字音飘逝以后，我心底里常会涌起一种莫名的若有所失的惆怅。有一回，一位老朋友故意在人前介绍我这个小名，我竟然耳热心跳，脸也一定绯红起来，好像被人揭破了一份隐秘似的不情不愿。

所以一直到我的儿女长大，还不知道他们的老爸有这样一个名字。

每年秋冬番薯上市的时候，我总要去买一些回来，特别是那种内心黄黄的，闽南话叫"站藤"，学名叫"胜利百号"，现在有了一个更高贵的雅号——"栗子白薯"，拌在稀饭里煮或者放在干饭里蒸。红枣莲子八宝粥有什么好，还不如我的番薯粥香。蒸在干饭里的番薯，绝对比栗子、蛋黄更松软更甜。有时到了外地，在餐餐山珍海味之后，最想念的还是地瓜稀饭配酱瓜，或者蒸得粉黄粉黄的番薯。

我有时笑话自己，番薯真有那么好吃吗？我吃的恐怕是一份"情结"。

有一年岁末，我访问台北。一个深夜，朋友带我们逛基隆庙口夜市。绵延数里的拥拥挤挤的大排档，在耀眼的灯光辉照下，摆放着各种风味小吃。咸咸的风从海面走来，拂送各种独异的香味。逛夜市真是一种享受，精神和物欲的享受。各式各样以妍丽的色泽、奇特的形状和独异的香味诱惑你的小吃，虽无法一一尝遍，却全都从眼睛"吃"进去了。流连穿梭在这密匝匝的摊担和人群之间，突然一挑小小的糖薯摊使我驻足。我真无法说清当时发现这一小摊时灵魂的惊喜和战栗，犹如在历经风霜的阔别之后骤然看见亲人故旧一般惊喜。这焦黄的、不起眼的、像淋了蜜一样的小小糖薯，又把我带到了遥远的童年，带到了母亲身边。小时候，每逢秋薯上市，母亲总要挑选那种红心的买一些回来，不马上吃，而是放在阴凉的贮放杂物的暗室里。待到开春，才洗净了连皮放到锅里，加少少一点水慢慢熬干。贮了一冬的淀粉全都转化成糖分，经这一煮，糖都从薯心往外沁，整个番薯外皮焦黄内里粉嫩，又软又香又甜。在我的童年记忆里，再没有什么比这更好吃的了。

母亲去世以后，它便也离我远远而去了。

20世纪90年代中期，伯母从香港回到厦门。老家供奉先祖牌位的三进大厝，最外临街的一进，已由堂弟改建成一幢三层小楼。我去看望伯母，刚踏进门，就听见伯母用小名唤我。我一愣，竟回不过神来，这是叫我吗，还是叫谁？这是什么时候，我的穿开裆裤流鼻涕的童年？是谁在叫我？我的魂牵梦绕的母亲吗？……多少年了，我再没听过这样的叫唤，有点亲切，又有点陌生，一种亲切而陌生的温馨。

20世纪60年代，母亲离开这个世界。当时我还浪迹在闽西北的山区。我不知道母亲在最后望一眼这个世界时，是怎样在心底呼唤她远在他乡的儿子。我想一定是的，她会唤我的小名。在我此生里，我有负最多的是我的母亲。这是一个忍受着所有侨乡妇女共同不幸命运的伟大的母亲！在父亲远离故国、客死异邦的不幸中，她以一个女人的坚忍、勤勉和爱心，独自抚育了四个儿子，将他们一个个送入社会。在我们还来不及对她的养育之恩有所报答时，她就永远地离开了。每当夜深，我常会蓦然惊醒，冥冥黑暗中，我会听见母亲用她那苍老而温馨的声音在唤我的小名，犹如我在襁褓中所听到的最初的呼唤和我在飘落异乡时所不能听到的最后的呼唤一样。

六叔的悲剧

在我父亲这一辈人中，六叔可能是读书最多的一个。

1949年秋天，我小学毕业，按说应当顺利升上初中，可那时厦门正临解放，社会很是纷乱，我只好休学在家。闲着无事，每天便迷在从路边书摊租来的武侠小说里。一部《蜀山剑侠传》五十五集，我每天看一集，不到两月就一气读完了；接着是《蜀山剑侠后传》《青城十九侠》，还有《七侠五义》《说唐》《东周列国志》等等。半年多下来，我意外的收获是，眼睛近视了。

1950年春天，时局稳定后，学校破例招收了一届春季班。我考上双十中学，野了半年的心收敛回来，不再迷恋武侠小说了，新的兴趣是每天放学后或星期天泡在我家对过的新华书店和隔了几个店面的开明书店里蹭书。那时的书店都是开架的，喜欢什么书都可以从书架上随意取下来，靠在书橱边一泡大半天，没人来赶。整整两年半初中（因为是春季班，初三上学期就提前毕业），是我最惬意的日子。

母亲见我喜欢书，有次无意中说："储藏间的暗房里，有一小箱子书，是你六叔留下来的。"

　　六叔是家族中读书最多的一个。他毕业于鼓浪屿英华中学，到菲律宾后在华文学校教书。这样的起点应当比一般过番者顺畅。他于1948年回厦门结婚，妻子年轻、秀丽，他们举办了在我童年记忆中最为盛大、洋气的婚礼。翌年六叔回菲律宾，自此阻隔在大洋那边，在异邦土地上孤独终老。尽管夫妻十分恩爱，相处却只有几个月，只能望洋兴叹。

母亲无心的一句话，我却老在心中惦记着。初二的寒假，借着春节前的"扫尘"，我把寻常难得进去的阴暗的储藏间翻了个遍，终于在一个角落的最底下找出一个藤编的小箱子。拂去上面的积尘，掀开箱盖，揭去盖在上面的两张《江声报》旧报纸，露出了整整齐齐叠成两排的书，有二三十本，多是"五四"以来的新文学作品，有鲁迅的、冰心的、郭沫若的、朱自清的……有一本鲁迅的《朝花夕拾》，还是当时不常见的"毛边本"。这种早期出现在欧洲、盛行于法国的"未切本"，是在书籍装帧时特意省去最后一道裁切工序，三面任其参差不齐，页与页也连在一起，读到哪页才随手用小刀裁开那页。这种特殊的装帧，因其具有"不修边幅"的、原始的、拙朴的美和趣味，很受五四时期的作家和读者喜欢。许多作家在出书时特意交代留出一部分"未切本"，以供自己收藏和赠人。因为书边未经裁切，摸起来毛毛的，便又叫"毛边本"。鲁迅就称自己是"毛边党"，他最早与周作人合译的《域外小说集》就是这种"毛边本"，此后还有多种著作都留有部分未切的毛边。出乎意料的是，在六叔这些被岁月遗忘偶然留存下来的书中，竟还有一本鲁迅的"毛边书"。这本旧藏仿佛见证着六叔年轻时的新潮。当时才读初中的我，并不知道这些书的珍贵，只是因为骤然拥有这样一批书而感到异常兴奋，便觉得六叔有一种令人崇敬的神秘感。

母亲见我高兴，一边帮我把书整进一个小书橱，一边惋惜地说："日本人打进鼓浪屿那年，因为害怕，家里抬了两麻袋书去烧了。"①

那两麻袋里都有什么书？六叔为什么有这么多书？这不免引起我

---

① 这里必须说明一下：1938年5月，日本侵略者占领厦门，因为鼓浪屿号称"万国租界"，驻有英、美等国领事馆，所以只封锁了鼓浪屿周边海域，暂未进入鼓浪屿。1941年岁末珍珠港事件之后，太平洋战争爆发，日本侵略者便轻易地占领鼓浪屿了。

的好奇和猜想。家族里伯伯、叔叔虽多，唯有从鼓浪屿英华中学毕业的六叔读书最多，接受新文学风潮的影响也最有可能。那么，六叔是否也会写作？在这些书里有一本王统照主编的诗集《她》，其中有个作者叫"季风"，六叔谱名"桂芳"，日常写作"季芳"（闽南话的"桂"与"季"、"芳"与"风"同音）。我不禁猜想：这"季风"会不会就是六叔的笔名呢？当然这个推想无法证实，但这个疑问放在心里几十年，后来我从事海外华文文学研究，几次去菲律宾参加学术会议，希望能找到一点蛛丝马迹，猜想年轻时候喜爱文学的六叔，在菲律宾会不会也从事华文写作。因为我们家族在菲律宾的谋生手段，不是做生意就是在亲戚朋友的公司里当职员，唯有六叔例外，他在菲律宾教书，听说还当过华文学校的校长。

这些书是我中学时代的骄傲，有时会向要好的同学炫耀；升入师范时，语文老师庄连枝先生还让我用这些书在班上举办了一个小小的展览。

如今，事过六七十年，当年这些猜想也都风吹云散。不过在我心中，谜一样拥有许多书的六叔，不时在眼前浮现。

六叔和排行第四的父亲较亲。抗战胜利后，祖父带着一大家子回到鼓浪屿，冷清了多年的褚家园一楼重新热闹起来。翌年，祖父过世，偌大的家族也就散枝落叶，各房分开过各自的日子。不久，我家也从鼓浪屿搬到厦门老城，单身的六叔从菲律宾回来有时就住在我家。

1948年，六叔回厦门结婚。那是一场在我童年记忆里十分风光的婚礼。婚礼在思明西路有"厦门第一旅社"之称的厦门大厦（即后来入驻各民主党派的"民主大厦"）举行。那年我十一岁，和小我一岁的八叔扮作"花童"，牵着新娘长长的婚纱，穿梭在熙熙攘攘的宾客间，不时偷偷打量着盛装的新郎和新娘。六叔本就清秀，一身白色西装，领口结着黑色的领花，更显得英俊潇洒；该叫六婶的新娘，不仅漂亮，而且十分年轻，长长的白色婚纱拖到地上，如仙女一般。这场华丽的婚礼，几十年来一直留在我的心中，联想起后来他们离落飘散的不幸境遇，不禁潸然泪下。

1949年岁初，新婚不久的六叔匆匆回了菲律宾。我能够想象，刚刚度过蜜月的六叔骤然要分别，是如何不舍；初为人妻的年轻的六婶又是如何不甘，在不舍和不甘的无奈中，又充满着期待。六叔走时，六婶已怀有身孕，原想顶多数月半载就要回来的，却不料这一别就是一生！

六婶结婚时才十七八岁，刚中学毕业。怀孕以后，年轻美丽的六婶怕同学笑话，用细布紧紧勒住肚子，不想却由此酿出悲剧：翌年女儿出生，手脚畸形，成了个残疾儿。不知远在菲律宾的六叔是否知道，当时还只十七八岁的六婶，初为人母时是如何欲哭无泪地独自承受如此巨大的打击和沉重的压力。

六叔赴菲后，不久侨路骤断，最初还偶有侨银寄来，那是辗转从香港托人转寄回的。随着日子一天天过去，这样辗转托寄的侨银渠道也堵塞了，六叔渐渐便杳无音讯。可以想见，六叔和六婶隔着一片茫茫大洋，新婚即远离，共同的恩爱岁月那么短暂。无论在海的那边，或在海的这边，长长伴着他们的，是思念，是等待，是苦守……

孤身带着一个残疾女儿的六婶在断了侨银之后，日子的艰难可以想见。为了生活，她必须出来工作。最初，她在团市委举办的青年宫当义务图书管理员；渐渐便被正式吸收到团市委办公室打字和管理文件。但她有一个在海外的丈夫，自己又不是党员，不久便被调去做其他的工作，连打字也不行。再后来就调离团市委，下放到工厂。背着这么一个徒有虚名的"海外婚姻"的重担，十几年后她才在八叔的帮助下和杳无音讯的六叔办了"离婚"手续，与一位曾经一同在团市委工作的同事重新建立家庭。

2010年，在同乡会的帮助下我找到了父亲在菲律宾生活的地方——纳卯（今达沃市），为他烧一炷香。其时六叔也过世多年。在纳卯，曾遇见一位认识六叔的老人，他说六叔到菲律宾后终身未娶，孤独地度过几十年……

华侨是飘在异国天空的风筝，能够扶摇直上光耀故里的毕竟只是少数，大多数经不起雨骤风狂，音信杳然，或者坠落异邦土地。这就是华侨的宿命，无数过番客和他们留在原乡的眷属的宿命。六叔和六婶，即使再年轻、再恩爱，也难逃这个宿命。

园中那棵芒果树

童年，园中的那棵芒果树，如梦，如幻。

小时候住在鼓浪屿的褚家园，资料上说，这幢被列入鼓浪屿历史建筑的三层番仔楼，虽不能与诸多著名别墅相比，却也为鼓浪屿人所知晓。它建于1932年，主人早年在菲律宾做药材生意，经济实力雄厚，只是不知为什么，新楼落成不久就把一楼租给了祖父。父亲1936年结婚，次年我出生，还有五叔结婚，都在这幢楼里。其实，当年祖父在厦门的溪岸街也有一幢大厝，不知为什么偏来鼓浪屿租住在褚家园里。或许当年祖父在菲律宾就和褚家园主人相识，或许祖父也想来鼓浪屿寻地盖楼。这一切都已无从知晓了。

童年时的我总觉得褚家园很洋气，每层楼进入正厅前都有一个不小的庭廊，三楼是个半圆形的台阁式前廊，突显出整幢建筑的独特风格。我们租住的一楼，四房一厅加后厅、厨房和厕所，住了祖父满满一家三代。楼前有一个小埕，可以让孩子玩耍；埕前铁门旁栽着两株米兰——闽南话叫树兰，很殷勤地不断开着细碎如米粒的小白花，甜甜的香气常年四溢。寻常所见的米兰多为盆栽，其实它属于小灌木，栽在土里，养得好可以长

　　褚家园外景。此楼建于1932年，楼的东边原来是一片旷地，四周有围墙，围成一个荒园。楼主在菲律宾做药材生意，家境殷实，但不知为什么，楼刚建成即把一楼租给祖父。我们家族的许多故事都发生在这里。我从出生到1947年搬离鼓浪屿，在这里住了整整十年，这里有我整个的童年。家族聚聚散散、悲悲喜喜，都联系着褚家园。即使今日，人世沧桑，仍无法忘怀。

到半层楼高。这两株米兰当时已与围墙一般高，我还记得小时候常常攀爬上去，连枝带叶地折下一串串隐隐含香的米兰，送给来访的客人。

褚家园的东边是一片旷地，很大，似乎比整幢褚家园占地面积还大。旷地四周有围墙围住，只在靠近褚家园这一边的短墙上留一扇小门通行，平常都锁住，好像也是褚家园主人的。这留给我一个谜：为什么盖了这么大一幢洋楼，自己却不怎么住，不仅一楼租给了祖父，三楼好像也租给一位外国神父？而且楼旁还有这么大的一片临街旷地，仿佛本来就是计划盖楼的，由于什么原因荒在那里？华侨在海外谋生创业，常有各种意外和不测，也会有人生的不同选择，这都会给他们留在原乡的家庭带来各种变故。何况自大楼落成后，日寇就把侵略的魔爪从东北伸向整个中国。1937年抗战全面爆发，次年厦门沦陷，日寇占领厦门却还暂时不敢进入号称"万国租界"的鼓浪屿。待到1941年珍珠港事件发生，太平洋战事爆发，日寇肆无忌惮地直接占领鼓浪屿。在太平洋战争中，菲律宾也陷入日寇魔掌。这期间风云变幻，从菲律宾归来又出走的楼主人，一定有某些我们无法知晓的曲折故事，让新建的大楼空寂，拟建的土地成为废园。这些往事都伴着鼓浪屿的跌宕历史而为岁月淹没了。

因为通往旷地的门常年锁着，增加了我们对于这片旷地的好奇心。我们虽住在一楼，但主楼比周边的小埕和旷地要高出几级台阶。从房间的窗口望出去，越过短墙，整个旷地一览无余。

最先吸引我们眼球的，是旷地中央那一棵高大的芒果树。那树身，恐怕要两三个小孩才能合抱过来；那树冠，高与楼齐，从窗口望去，遮住了大半个天空。每年春天，芒果花开，习习春风会送来微微的清香。从四月、五月到六月，我们隔墙望着满树猪腰形的小芒果，一天天地从青橄榄那么大，渐渐变得像鹅蛋、像攥紧的拳头，最后由青变黄，树上像挂满了金色的小灯笼。在七月的月光下，我们坐在小埕乘凉，耳畔传来旷地荒草间蟋蟀唧唧的叫声，满埕盈溢着芒果成熟的甜甜的清香。

突然有一天，小门打开了，有人肩扛竹梯、手握长竹竿前来采摘满树成熟的芒果。我们也欢欣雀跃地跟着涌进小门。旷地里一片凄凄荒草，杂生着各种不知名的小花，伴着虫鸣蛙唱，时不时会看到某个草丛里蛰伏着一只蟋蟀或蹦出一只青蛙。我们兴奋地跟着采芒人，看他们背着箩筐爬上梯子，攀上枝丫四伸的芒果树，采摘低处的芒果；远处和高处的芒果够不着，就用竹竿打，随着一片窸窸窣窣的树叶声，像骤来的西北雨，或青绿或金黄的芒果纷纷落下。掉下的芒果有的摔裂了，采芒人不要，就是我们的奖品。那些芒果都不大，有成人的拳头大小，甜中还带点酸，因为是我们亲自从芒果树下捡回来的，那种味道就特别珍贵和难忘。记得有一年刮台风，夹着暴雨，正成熟的芒果几乎都被风雨刮打下来了。台风过后，小门又打开了，允许我们小孩随便去捡芒果。我们捧着脸盆，提着小桶，使劲往家里搬芒果。那年夏天，芒果的酸甜长久地盈溢在我们的齿间。

对于这棵芒果树，还有一段珍贵的记忆。忘了是哪一年，应该是在我稍微懂事以后，即20世纪40年代中期或稍后。不知为了什么，有一天，芒果树下张起了一块白布，围墙的门也打开了。到了傍晚，周边许多人都拎着凳子来到芒果树下的那块白布前。原来那是一块荧幕，要放映露天电影。荧幕向着褚家园，我们从房间的窗户望出去，越过短墙，就可以看到正在放映的电影。我还记得那是一部武侠神怪片——《火烧红莲寺》，电影里的侠客神怪在荧幕上飞来飞去。这是我第一次看露天电影，所以印象深刻。《火烧红莲寺》是上海明星公司在1928年上映的武侠片，由张石川导演执导，掀起了中国电影史上第一个武侠电影高潮；之后香港在1935年又重拍了十九集的《火烧红莲寺》。我不知看到的是张石川的初拍，还是后来香港的重拍，但那种坐在窗台上越过短墙看挂在芒果树下的露天电影，满荧幕飞来飞去的身影的童年记忆，和一棵芒果树联系在一起，怎么想都觉得很奇葩。

岁月荏苒，20世纪50年代中期，我离家去乡，浪迹江湖半个多世纪，直到晚年才重回故里。厦门已经变了，鼓浪屿也变了，但是褚家园尚在，只是当年的旷地已变成了鼓浪屿著名的花园式咖啡馆，曾经住过的一楼，也成了展示欧式咖啡魅力的室内雅座。当年屹立园中的那棵满树坠金的芒果树，早在多年前的一场大台风中被拦腰折断，在如今满园烂漫的花卉和咖啡的浓香中，已无处可寻。

2017年，我与二十几位菲律宾归来的亲人——弟弟和堂弟妹及子侄辈，在八叔的带领下，回到褚家园寻访父辈们曾经的足迹，受到当年褚家园的后辈、如今咖啡馆主人的热情接待。铁门旁的那两棵米兰俨然长成了小树，花开花落见证着近百年的历史。改成咖啡馆的一楼，依然是我熟悉的模样。我向亲人们介绍当年的居住情况，如数家珍地讲述谁曾经住在哪间房子，当然不会忘掉园中那棵芒果树。介绍间突然想起，今天中午应该有一盘芒果佐餐，是的，一盘芒果！按照我们家的吃法，芒果削好，切片，摆盘，在盘边放一碟好酱油，上面漂几缕红辣椒丝。鲜芒果蘸酱油下饭，那种特殊的甜中带点酸、咸和辣的味道，会让你差点把整个舌头都吞下去。

那是父亲从菲律宾带回来的吃法，是我童年至今的念想！

　　在褚家园曾经的荒园、如今鼓浪屿著名的园林咖啡馆，与我们四兄弟的下一代——刘家四姐妹合影。四姐妹已长大成人，天各一方。四妹（左一）在澳大利亚，大姐（左二，我女儿）在厦门，二姐（左三）在重庆，我背后的三妹在深圳。虽然山高海远，却情深谊长，常常相聚。

伤离岁月的悲歌和喜歌

一簇火焰在我眼前忽闪忽闪地飘动，这是从几千里外的家乡带来的祭奠的纸钱燃起的火焰。火焰随着纸钱的不断添加毕毕剥剥地响着，晃动的火苗中仿佛有个人影闪动，这是谁呢？是父亲越过生死相隔的幽冥之界来看望当年他还不懂事的儿子吗？

1949年早春，父亲再度踏上远行菲律宾的航程，本以为一年半载就要回来的——这在我们家族乃至所有的华侨人家已成常态。所谓华侨，就是谋生异邦而不时回馈故土亲人的过番者，像远飞的风筝，有一条看不见的细细的丝线将他们系在母土的大树上。没想到这一次，风筝线断，父亲阻隔在菲律宾多年，最后连一把骨殖也埋在那片异国的土地上了。

父亲最后一次离家才三十多岁。他1915年出生在老家南安，但十几岁过番到菲律宾，大约二十岁出头（1936年）从菲律宾返回厦门和母亲结婚，次年便有了我，两年后又有了二弟。之后遇上太平洋战争，阻隔在菲律宾四年，抗战胜利后才回厦门与母亲团聚。父母从结婚到这次远行，两人也只有几年断断续续的恩爱岁月。离多聚少，孤守空房，这是侨乡女人的命。好在父母都识文断字，情况再难，书信经过几度辗转，总还不断。母亲把读过的信压在枕头底下，时不时要拿出来再看一遍。那时我已上小学，有时会偷偷去翻出来看。父亲的字写得极潇洒、清秀，开头总是"贵华吾爱"（贵华是母亲的字），然后嘘寒问暖。父亲顾家是有名的，记得抗战胜利那年他从菲律宾回来，连美军拍卖的军用毯、蚊帐、煎锅等等都往家里带。说起这些，母亲会很骄傲地用一个"衔"字：他什么都往家里"衔"。

　　然而这回却不同，父亲再度远行，却从此渺无归期。母亲带着还在襁褓中的四弟、准备进幼儿园的三弟、正上小学的二弟和刚小学毕业等着上初中的我，独自承担起抚养四个孩子的责任。开头，偶尔还有一点侨汇经由香港辗转寄来，都是在夜里，有人轻轻敲着门窗，细细说声：南洋来"批"了。我们就像触了电似的从床上蹦起来，连还睡得迷迷糊糊的四弟也睁开惺忪的睡眼惊异地望着大家。这是我们的节日，不仅有了钱，还有了父亲的音讯。母亲会买一点点肉，点三炷香，祭拜一下祖先，然后全家围在一起吃餐有肉的饭，嘴里像含了蜜似的从心里甜出来。也许战后父亲归来才出生的三弟、四弟，就是从这一声"南洋来'批'了"才具体感受到"父亲"的存在。

　　渐渐地，断续的侨汇也没了，生活的重担全压在母亲肩上。母亲年轻时上过家政学校，有一手织毛衣的好手艺。两根毛针在她手中翩跹起舞，一团团毛线便像变戏法似的变成了一件件漂亮的毛衣。母亲会打一百多种花样，从毛背心、套头衫、开襟衫到小女孩的连衣裙，客户想要什么，她想想就能打。有时候我半夜醒来，看见母亲还在灯下赶工，说是客户第二天一早就要。为了生存，为了维持我们兄弟外在的一份体面，母亲的一双手，那双伟大的手，付出了难以想象的无私的努力。

1955年，辗转从海外传来消息，说父亲在当地讨了个番婆。这消息差点把母亲击倒，她在床上躺了两天，然后挣扎着起来，拿起毛线衣不眠不休地织。她原谅了父亲。

此后父亲音讯全无，母亲似乎变得更加刚强，独自撑起这个有四个儿子的家。

1956年9月，我成了北京大学中文系的学生。大学五年是在一连串的政治运动中度过的。挫折不在经济上的压力。国家给了我每月十二元的甲等助学金；二年级开始我就可以靠帮系里刻讲义和写点文章来补贴日常费用。那时刻一张蜡纸五角钱，我每月用一个星期天刻写，从睁开眼睛开始，刻到晚上，可以刻十张；那时候稿费也高，每千字十元（20世纪50年代的十元足够我一个月的伙食费）。大学五年中我只回了两趟厦门，因为不忍从母亲那儿再要几十元的往返路费。寒暑假都躲在图书馆看书写文章，一篇七八千字的文章，加上助学金，够我一个学期的用度，我可以不再向家里要生活费了。

挫折主要来自那根越绷越紧的极左的弦，让我愈来愈强烈地感到，已多年没有音讯的远在菲律宾的父亲，竟成了现实人生中的一道紧箍咒。这个说不清道不明的海外关系，成了我的一种"原罪"，让我时时感到被一条无形的绳索困缚着。平素好像还没什么，可一到关键时刻它就现身，好像一个神秘的"另类"的符号，烙在灵魂里。特别是毕业分配的时候，我原可以留在学校读研，可想到家中孤独的母亲带着三个尚在读书的弟弟，便申请分配回厦门以便照顾家庭。如愿回福建报到时，却发现在人事局的分配名单上我那一栏的备注多了几个字：海外关系复杂。那时（1961年），蒋介石正在台湾叫嚣"反攻大陆"，复杂的时势和我的海外关系却成了我的"原罪"，我不允许留在厦门，被分配到闽西北一座"大跃进"中从五千人口的小镇膨胀起来那时正在下马的工业新城，在一所只有一百多名学生的工专教语文。只半年多，这所工专也下马了，我继续在闽西北的几个县城流转，从这个单位调到那个单位，一年有大半时间都在下乡。北大毕业生的头衔让我还有些价值可用，但仅此而已。原来还葆有一点温馨记忆的父亲，成了我的包袱，这个无所不在的海外关系，如阴魂附体一样，无论怎样也甩不掉。

差不多二十年时间，本应该是我生命中最美好的一段青春岁月，就在闽西北山区中虚抛了。

生活重新教会了我。几千年来中国就与世界发生密切联系，中国人走遍世界，这是中国的骄傲，也是中国的财富。可是在特殊的年代，海外关系却成了原罪和包袱。

历史又迎来一场巨大的变革。受惠于这场变革，我的生命轨迹发生了变化。我从一个基层打杂的文化干部，回到年轻时候向往的学术岗位。那年我已过了不惑之年，却对人生充满疑惑。我想起在乡下常常看到的堆在深山道边的一棵棵巨木，因交通不便，无法运出山，风吹雨淋，任其腐烂，却偶然有幸在已腐而尚未尽腐之时，被送出山，劈劈削削重新派上用场。我们这一代知识分子，许多就是如此不幸而又有幸地抓住历史的一息契机，在生命最后一段岁月重新归来。1980年，我调入福建社会科学院时已四十三岁，却要像刚走出校门的年轻学子一样，从零开始进军学术，其困难可以想见。不过，这是我四十多岁以后才重启的学术机缘，我不能辜负命运的这份赐予。母亲在天上祝福的目光，会一直慈爱地陪伴着我。

生命翻开了新的一页，这是受到信任、受到尊重，也让我有以报答的一页。我从1979年10月调入福建社会科学院，1980年4月才获准前去报到，至2009年岁末我七十二岁才退休。但退休并非研究工作的结束，近四十年里我出版了三十多部学术论著和文学创作集，也获得了国家、省委省政府和全国侨办、全国侨联的一些荣誉和表彰，学术上也有一点成绩，获得一些奖励。这些本都微不足道，这里提及只不过想说明，作为一个华侨子弟，我在不同时代的不同境遇有着天壤之别。

当年连想都不敢想的父亲，又时时在我梦中出现。虽然父亲于1962年就过世了，但我常想，在他病危的时候谁伴在他的身边？他久羁异邦另与人结婚留下子女没有？那是我同父异母的弟弟妹妹啊！他们现在生活得怎样？我什么时候才能到父亲坟前尽一份人子之情，洒一杯祭奠之酒，代母亲和其他三个兄弟表达数十年积累下的思念和哀悼？

我庆幸能有机会两次应邀到菲律宾出席学术会议，都在马尼拉。会议之余到处打听纳卯在哪里。那是我自小从母亲口中知道的父亲在菲律宾谋生的地方，在我心里，纳卯和父亲是连在一起的。在会议发言时，我曾半开玩笑地说：我到菲律宾，有一半原因是来"寻父"的。朋友们都很热心，告诉我纳卯是远在菲律宾南部的棉兰老岛的首府，人口近两百万的菲律宾第三大城市。华侨口中的纳卯，即今日著名的达沃市，距马尼拉乘飞机还有两个小时的航程。会议行程紧迫，且毫无线索，无法前往，只能拜托菲律宾的朋友帮我打听。然而拖了几年，依然杳无音讯。

2010年，我去香港参加一个学术活动，适逢家乡南安刘林刘侯旅外宗亲会成立，我也是南安刘林的刘氏子弟，宗亲会创会会长刘贤贤邀我参加庆典仪式，把我选为宗亲会的名誉副会长。在与宗亲们闲聊中，我说起父亲远赴菲律宾，埋骨异邦，却一直不知墓在何处，无法前去祭拜。宗亲会副会长刘清池先生说："没关系，只要有你父亲的名字和他所在的城市，我们可以帮你找，菲律宾有很多我们的宗亲。"果然，一个多月以后，刘清池先生就从香港给我来电话，说："找到了，你父亲就葬在纳卯的华侨义山。"原来是清池先生在纳卯的弟弟刘清枝先生和几位宗亲，拿着父亲的名字，到华侨义山密密麻麻的坟冢中一座一座去查对，终于找到父亲的墓茔。

接到电话的那一瞬间，我激动之余百感交集，竟不知是悲是喜。为先人祭扫，这本是极寻常的一件事，可对于许多如我一样的亲人远离而不知所终的华侨后人，却需如此周折。所幸我还能找到最后这点音讯，不知还有多少妻子儿女，翘首天边，永在无望的寻找和等待中！

坟前祭奠的火焰还在烈烈地燃烧。获知父亲墓葬消息的当年（2010年）万圣节（这在西方相当于中国的清明节），我即携同妻子飞往菲律宾，经停马尼拉时，菲律宾著名华侨诗人云鹤（蓝廷俊）和他的太太、散文家秋笛（原名刘美英，也是南安刘林刘氏后裔）说在纳卯有个姑妈，要陪我们同行给带带路。我们搭机从马尼拉飞抵纳卯，一步出机场，就受到前来接机的二三十位宗亲的欢迎，还打着一个大大的红布横幅。刘清池先生的兄弟刘清枝先生也特地和另一位宗亲带着子女从山里开了两个多小时的汽车赶来纳卯。我再次感受到异邦逢故亲的那份温暖。住宿是云鹤的表弟提前安排的，晚餐由宗亲会宴请，接着几天的餐饮也都由宗亲们安排。那些天，我沉浸在亲人们热烈而温馨的无限深情之中。

祭奠在第二天上午进行。万圣节刚刚过去几天，华侨义山又迎来一群人。父亲墓碑上端刻着一个十字架，他入乡随俗信了基督教，可我们依然按照老家的仪式为他祭奠。除了我们远道带来的祭品外，宗亲会和云鹤夫妇也都准备了香烛纸钱。火焰越燃越旺，影影绰绰间仿佛父亲的影子、母亲的影子聚在一起。几十年的等待，几十年的哀思，几十年悲悲喜喜无处倾诉的椎心的话语，仿佛都在这烈烈的焰火中宣泄出来……

到达墓地的时候我们就发现已有几束鲜花供在父亲坟前，显然有人来祭扫过了。谁呢？是父亲在纳卯留下的妻子儿女，抑或是其他亲戚故旧？弄清这个谜，成了我们祭拜之后的又一宗心事。

匆匆在纳卯住了三天，无处打听消息，只得抱憾回程。离开前，我给华侨义山管委会留下一封信，那是写给我尚未见面的菲律宾母亲和我可能存在的同父异母弟妹，请义山管委会若有他们的信息或地址，一定替我转交。信中留下了我在中国的详细地址和各种联系方式。

然而一年，两年，终无回音。

正失望中，偶然的一次聚会，突然又柳暗花明。

那时我已从福州退休回到厦门。我们本是个大家族，祖父生有八男二女，除了五叔、姑妈和年岁与我相仿的八叔，其他都过番到菲律宾。祖父抗战胜利后归来不久过世，这个大家庭才散开。至今留在厦门的，尚有已臻百岁高龄的大伯母一家、从南洋回来的五叔一家、与我一样因年纪小未及出洋的八叔一家和排行第四的父亲留下的我们一家，子辈孙辈近百人。每两年一次的春节聚会，开枝散叶的亲人们从国内外四面八方回来团聚，虽不能全到，每回也要席开七八桌。

有一次，从香港回来的两位堂弟讲起20世纪70年代他们刚到香港时曾到纳卯探望当时尚还健在的他们的父亲——我的大伯父，听说了父亲一点情况。父亲过世时留下三个孩子，大的五六岁，最小的尚不满两岁。伯父接济过他们，但失去了丈夫的菲律宾母亲，一个弱小女人带着三个幼小的孩子实在无法在城市生活，只好卖掉少少一点家产，搬到山里去。后来小孩长大了，曾回纳卯感谢伯父，伯父过世后，联系就少了。

渺茫中总算盼到一点消息。拜托伯父在纳卯做旅游生意的二女儿——我的堂妹——代为联系菲律宾的家人，她人脉广，又热心，很快就联系上了。父亲再婚的菲律宾妻子已经过世，三个同父异母的弟弟吃尽艰辛，总算成人，或开店，或办厂，或在私人企业谋职，发展得都还不错。

大团圆的日子终于来了。得到消息后，2015年的万圣节，三弟和我女儿（我因生病临时退了机票）先去纳卯一趟，约好与纳卯的三个弟弟见面，一起为父亲扫墓。在纳卯，三个弟弟热情接待，虽之前未曾见面，却是早已心心相通，有着血脉相连的那份浓浓情意。临别前，相约在2017年春节家族团圆的聚会上再见。在香港的堂弟也发出邀请，让大伯父留在菲律宾的几个子女也带着他们的后辈一起结伴同来，共聚这个美好的节日。

这是一支二十余人的浩大队伍，从菲律宾专程飞来，为了一份心愿：认祖归宗。

团圆席上每个人都披上一条鲜红的围巾，显得吉庆热闹。之后，我们到鼓浪屿寻找祖父在时曾经住过的老家褚家园，那里已改建成一处著名的园林式咖啡厅；我们在中山路一栋临街的骑楼前留影，父亲、母亲在厦门最后的住处已成了步行街热闹的商铺；我们回到家里一起学着揉

　　在厦门的我们这一房每两年举行一次新春大团聚，2017年春节，更迎来远在菲律宾的亲人。伯父和父亲留在菲律宾的子女孙侄，两家共二十余人，联袂飞回厦门，认亲祭祖。虽隔山隔海，却血脉相连，亲情永续。

　　2017年刘氏家族新春团聚宴会上的合影，每人围上一条红围巾，大家喜气洋洋。中间一排从左往右分别是：在郑州生活的三弟、我、从菲律宾归来的五弟和六弟。后排是刘家的媳妇，左三是五弟的妻子。前排是刘家的晚辈，四个堂姐妹和在重庆生活的二姐的女儿。

面擀皮包饺子，像儿时玩游戏一样把饺子捏得七扭八歪；我们还在书房里摊开笔墨纸砚，教弟弟们用毛笔写自己的中文名字……几千里的山高海远，几十年的亲情阻断，仿佛在一瞬间就都接上了，心贴心地感受到彼此的温情和血脉的搏动。

分别的时候我们再相约，和伯父家留在厦门、香港的子女一起，连同二弟留在重庆的女儿，趁来年万圣节再去纳卯为先人扫墓。

这回是从厦门出发飞往纳卯，浩浩荡荡也是二十多人。抵达的那晚，两家合在一起宴饮，七八十人，一个个介绍，还是记不住。我为每家各写了一副对联，那是南安刘氏家族字辈排序中的两句诗：东壁图书府，西园翰墨林。祖父是西字辈，父亲和伯父是园字辈，我们兄弟则是翰字辈。纳卯的亲人对这些或许一时还弄不懂，但留下来就是记忆，留下来就是传承。

伯父和父亲的墓地都在华侨义山，相距不远，一起祭拜之后，两家便分开活动。在纳卯几个弟弟的陪同下，我们游览了纳卯的名胜，早年西班牙入侵时遗下的古迹，还乘船到一个小岛野餐和游泳……临别时暴涨的行李装满了菲律宾的特产。我们原有在纳卯祭拜后转机去宿务薄荷岛游览的计划，五弟（纳卯三兄弟中的老大）知道后连忙带着太太和女儿搭下一班飞机赶来，陪我们在那里享受热带的阳光、岛上清凉的月色，在潜泳中观赏令人惊艳的热带鱼群……只有亲人才有这样的周至；只有这样的周至，才能弥补被无情岁月分割的那份烈烈的痛和深深的爱！

七十年前一场变革，迫于形势，被四面八方虎狼包围的新中国只能采取保守的政策，致使许多华侨家庭酿成离散的悲剧。这一幕结束了，又一场伟大变革来临，中国打开国门，重新走向世界，"侨"字连着一在中山路故居旧址前合影。这里是当年父亲离开厦门赴菲前最后居住的地方，也是母亲抚育四个儿子、最后不舍地离去的纪念地。尽管世事多变，远隔半个多世纪，但父亲和母亲永在我们心中，那幢骑楼二楼三个带有三角形和半圆形装饰的临街窗子，也永在我们的忆念之中。

带一路，变得宏阔而博大。这七十年里，有多少悲悲喜喜的故事。无论是我个人，还是我的家庭，抑或不同世代的海外华侨华人和他们留在祖国的亲眷，岁月烙在每个人身上和心上的印记，都在见证一个伟大的时代是怎样在幸或不幸的痛中诞生，怎样在爱中成长、在曲折里辉煌！

　　2018年，和伯父在厦门的子女一行二十多人抵达菲律宾纳卯后，为伯父、父亲扫墓，并与菲律宾亲人们相见。

　　2018年，在菲律宾与族亲相见。我为菲律宾的弟弟和堂弟妹们每家各写了一幅字。那是刘家字辈排序中的两句诗：东壁图书府，西园翰墨林。这些对于数代远居菲律宾的亲人，一时可能还不懂，但留下来就是记忆，留下来就是传承。

2018年，在菲律宾祭扫父亲的坟茔之后，菲律宾弟弟十分热情，带我们在纳卯的各处名胜游览，并合影留念。刘家五兄弟从左往右分别是六弟、五弟、我、七弟、三弟。

　　从16世纪中叶开始，西班牙殖民者占领菲律宾长达三百三十五年。菲律宾的亲人带领我们参观了许多相关的景点，并在宿务遗产纪念碑下合影。

　　2018年，下一代们的合影。他们青春靓丽，前程无限。虽然远隔重洋，初次相会，但血脉相连，毫无间隙。兄弟姐妹，风采翩翩，情远意长。

厦门往事

　　我走过了许多北方和南方的高山大峒、荒乡僻村，并且经历了自己的坎坷人生，重新回到故乡，在她面临大海的一幢小楼住下来，才开始领受青年时代未及享有的温馨和美。

鹭江道：那朵远去的云

厦门与鼓浪屿，中间隔着一片海，不宽，六七百米，可以横渡。

20世纪50年代初，我初中毕业考上师范。学校在鼓浪屿，我住校，每周回一趟厦门，要渡过这片海。那时候厦鼓之间已有轮渡，闽南话叫"电船"，每二十分钟一趟，还算便利。但年轻人更喜欢搭乘小船，那种划着双桨，或者在船尾咿呀摇着单橹的舢板。在蓝盈盈的海上，随着浪涌起伏，在欸乃声中划出两道波痕，或者在橹尾拖出一条长长的水花，节奏均匀地破浪前行；若是遇到有风的时候，会支起一张小帆，小帆兜满了风，整只舢板像一把犀利的小刀，斜斜地切开波浪，箭一般飞快地掠过水面，溅起的浪花伴着惊险的笑声，洒满了阳光灿烂的海面……是的，那时候的年轻人，喜欢的就是这份惊险和刺激。

可是不知为什么，明明是海，涵通大洋的海，却偏偏叫作江——鹭江。

老人们谈起往事，总会说到古早时候，厦门还是个杳无人烟的荒岛，荒滩野岭，盘满毒蛇。后来，飞来一群白鹭，盘旋在青山绿水之间。它们长长的尖喙，驱走了岛上的毒蛇。盈盈的绿荫之上，栖息着翩翩的白鹭。白鹭象征吉祥，于是，这座岛屿便有了一个吉祥的别称：鹭岛。

岛叫鹭岛，流过厦门和鼓浪屿之间的这片海，便叫鹭江。

早先还叫作嘉禾屿的厦门岛，山海交错，沟渠纵横，滩涂洼地，积水成溪。就连今天横穿市中心的思明北路、思明南路，当年还是从筼筜港流出来的一条俗名"蕹菜河"的种满空心菜的小溪。潮来汐去，山水入海，海水上岸。海岸蜿蜒曲折，设有几个"路头"（简陋的小码头），从"路头"登岸，满地烂泥水渍，几乎无处插脚。20世纪二三十年代，厦门开始市政改造，劈山填海，修堤筑堰，开路盖楼，建街成市，奠立了今日厦门的都市形貌。在俗称海后滩的岛的西面，面对鼓浪屿，从岛北的船坞出发，过担水巷经打石字到沙坡头，临海筑岸，沿岸铺路，修出了一条笔直的傍海大道；沿着傍海大道，重整旧"路头"，建成了十五座新码头。岛上最重要的几条东西纵向的马路，如最早修建的开元路，商贸繁华的大同路，厦门政治和文化中心的中山路等，都直通这条傍海大道，而大道对面，就是鼓浪屿。

因为岛称鹭岛，海叫鹭江，这条长达三千七百四十一米的新开马路，便叫鹭江道。

鹭江道是厦门的"面子"。厦门四面临海，早先还没空港，也无铁路，海内外的客人就只能从海路上岛。一踏上鹭江道，就是踏上了厦门，第一眼看到鹭江道，也就看到了厦门。

鹭江道又是厦门的"里子"。曾经辉耀厦门的许多古迹遗址，像郑成功部将驻扎的洪本部，训练水师的演武亭，清康熙帝指定的对渡台湾的通关汛口，无数华侨踏上遥遥海途的出洋正口，乃至近百年来厦门走向现代化的无数标志，如银行、海关、邮政局、自来水公司、电灯公司、尚无一寸铁路的铁路局，由八位留学归来的华侨合办的同文书院，母亲少女时代参加女子篮球队远征菲律宾训练的同文球场……都在这条路上或者沿着这条路再向南延伸一点。鹭江道犹如厦门胸前的一串项链，绵绵的旧遗新建，像穿在项链上绚丽闪烁的无数珍珠。

1947年，我家从鼓浪屿搬到厦门，就住在中山路。这里到鹭江道上的轮渡码头，步行只需几分钟。从中山路走向鹭江道，向左，向右，都是厦门最繁华的地段。以中山路口为中心，北向大同路口、开元路口，南抵水仙宫、妈祖宫，穿过鹦歌楼，直通厦门大学。看海，听潮，吹风，散步，购物，娱乐，餐饮，吃夜宵……永远是熙熙攘攘、人来人往。在菲律宾谋生的父亲，每年回来都会带着全家到中山路靠近鹭江道的冠天酒楼去吃饭，它旁边的泗水舞厅，歌女的演唱和西洋乐器的伴奏，放大的声量震响了小半条街。那时去香港投靠大哥谋生无着又返回厦门的二舅，住在我家。二十啷当岁的青年人，最喜欢逛鹭江道的夜市，我便常常跟着二舅去玩，这是我童年最大的乐趣。

夜市就在鹭江道上的海关和邮政局前面临海的一片空地。夜色初临，鼓浪屿背后夕阳回照的最后一抹紫色霞霓刚刚暗黑下来，四面汇聚而来的各种摊点就燃起一支支闽南话叫"臭土火"（碳化钙）的电石灯，炽白的焰火重新把黑夜点亮。闪闪的火光和憧憧的人影中，一堆堆水果飘着南国清甜的香气，一摊摊刚刚离水的海鲜在炉上煎着、锅里沸着，那齿间糍粑的糯，那舌尖贡糖的酥，那被木锤敲得松松的烤鱿鱼的香，那张牙舞爪蘸着芥末的章鱼的脆，那三五朋友围着一张大平锅各自打二两小酒自烹自酌的"煸豆干"的乐……整个夜市陷入甜酸香辣的味蕾兴奋中。尝过了小食，二舅便喜欢蹲在打拳头卖膏药或拉大广弦唱歌仔调的场子前，看"拳头师"打拳，听"歌仔仙"弹唱。我最初所知的歌仔册，就是从地摊上的无名的民间艺人那儿听来的。半个世纪后，我有幸整理歌仔册中有关过番歌的文献资料，仿佛就是这段童年经历结下的缘分。

夜市直到更深才陆续散摊，夜色尚未退尽，邻近的第四码头接班似的又是一片人声鼎沸。郊区的菜农，和算准水时靠岸来的一艘艘小船，满载着来自九龙江沿岸和同安等地的各种海鲜、菜蔬，"过水"运到码头。厦门九大菜市场的摊主们都趁着曙色熹微来这里进货，车载肩挑，赶在晨光初露之前用赤橙黄绿装点自己的摊点，摆满新鲜货品，迎接与太阳一同醒来的早市。这个俗称"菜行"的蔬菜批发市场，要等到六七点钟以后才安静下来，货尽人散，遗下了满地菜帮烂叶和各种垃圾……

鹭江道有两副面孔，白天是绅士，优雅洁净；一到晚上则成市井小民，聒噪邋遢。

在鹭江道背后的几条小街，挤挤挨挨的多是大大小小的客栈。从清代中叶，闽南内山的几个县乡出洋过番都得先步行走出山坳，来到晋江的安海，换成水路转到厦门候船。出洋的船期不定，常常一等就是十天半月，无意中繁荣了厦门的旅馆业。有钱的住大酒店，盘缠较紧的就近在鹭江道边上的码头附近找个小客栈容身。闲来无事，他们成了夜市的常客。特别是在卖歌仔册的摊前，常常围满了内山来的"准过番客"。早先从厦门搭船下南洋，一趟船要在海上漂个七八天、十来天。茫茫大海，乍看新鲜，看久了无味。船上没别的娱乐（有也玩不起），他们会在登船之前从"歌仔仙"那里买几本薄薄的歌仔册，带到船上消磨漫漫海途的寂寞时光。这种民间书坊石印或铅印的薄薄几页方言唱本，只要粗通文墨，就可以套用歌仔戏的七字调、杂念调或关于孟姜女、苏武牧羊等的民间谣曲，或念或唱地伴随着他们的足迹，漂洋过海，唱到南洋。歌仔册成了他们谋生异邦对故土的一份思念，也为这个"大航海时代"留下一份中国海外移民的民间记忆。

歌仔册有句劝世名言："劝恁这屇那可度，番平千万不通行。"不过，万千从鹭江道码头上船的"准过番客"大多不信，总想趁年轻和命运搏一搏。只有到老来淘金梦碎，鹭江道便成了他们滞留海外回望故园的最后一眼梦土。

1949年早春，父亲要回菲律宾，也是从鹭江道上船的。那时我小学即将毕业，似懂事又不懂事，母亲让我随她一道上船送父亲，我却满心盼着登上洋轮看风景。此时的航行条件已经好了很多。记得那是一艘名叫"芝渣连加"号的荷兰渣华公司的万吨轮，远航东南亚，沿途停靠卸客上客，所以又叫"十三港"。洋轮吃水较深，无法停靠岸边，只好停在厦门港和鼓浪屿之间的后海。我们从鹭江道上的太古码头（第十三码头）搭乘接驳船才上了洋轮。找到了舱位，安置了行李，父亲和母亲回到甲板上依依惜别，我却被远洋轮上许多新鲜事吸引住了。特别是甲板上一个小小的游泳池，让我感到很有趣。小小的水池里还带着喷泉，五六个洋水手正在那儿戏水。虽已开春，天还寒着，那些洋人却不怕冷。我却感到不屑，旁边就是大海，挤在这个澡盆似的水池里，游什么泳！正东张西望，突然一阵电铃声响，催促送行者下船，才注意到平素严厉的父亲正抚着我的脑袋，而眼眶红肿的母亲却紧紧地抓着我的手臂……

接驳船把我们送回太古码头，母亲还久久守在岸边，痴痴地望着海中那艘即将载走父亲的远洋轮。随着几声汽笛，船上的大烟囱开始喷吐黑烟，庞大的船身缓缓移动，远远望去，那艘号称万吨的巨轮越变越小，小到像一朵浪花，消失在茫茫的大海之中。此时的后海变得空旷起来，那片渐渐散开的黑烟，凝结成缠绵在母亲头上的一朵云，永远舍不得离去……

这是我与父亲的最后一面。我永远记得，那是鹭江道，那是太古码头，那是后海，那是父亲乘坐的"芝渣连加"号。稍大以后，当我知道父亲隔在大洋那边再也回不来了，才突然感到一种错失的痛，我把和父亲宝贵的最后一面，就这么轻轻地丢失了……

住在中山路的时候，我常常不自觉地就走向鹭江道，坐在岸边怔怔地望着眼前这片叫作鹭江的海。鹭江，只几百米宽，但大海很远，远到跨洋过洲！从鹭江道上出走的人，何止万千！我常想，不幸于我，如果不是时局骤变，父亲不至于孤老海外；但我又想，我是幸运的，如果没有时局骤变，我必像家族里一代又一代的亲人那样，初中一毕业就得飘落在异国的天空下谋生，而没有我的今天。时兮命兮，幸兮难兮，唯有鹭江道上不忍远去的那朵云，见证着这一切！

沙坡尾的风

沙坡尾的风依然带着海的咸腥味。

这里是厦门最早的一处古村落。像一个饱经岁月的老人，那些丝丝的风、碎碎的雨，那些劈天的电、砸地的雷，都写在它满脸沧桑的生命褶皱里。

坐在栈道边临水的咖啡座上，眼前的这片曾经十分鲜活而生动的海已被重重叠叠的建筑推到远远的地方，只留下一道几十米宽的漾漾水流，随着潮汐涨落，像在不甘地呼喊：我是海，我是曾经吐纳百舸、涵通大洋的海！

沙坡尾，一个以细沙如玉、绵延数里而与沙坡头合誉为"玉沙坡"的著名古渔港，一个从明代初年就设立中左所，留下抗倭、抗"红夷"无数英雄伟绩的滨海故垒，一个郑成功操练水军、挥师东渡、驱荷复台的出发地，一个从清康熙年间就指定对渡台湾的通关汛口，一个无数过番客泪别故园走向茫茫异邦的出洋正口……

这里的每粒细沙、每朵浪花，都在讲述厦门的过往和变迁、坎坷和梦想。

然而，在我少年的记忆里，沙坡尾是讨海人的家。

很早很早以前——早到崇祯帝还坐在金銮殿的时候，就有疍民的"连家船"，水处舟居，浮家泛宅，沿着九龙江南下，到了出海口的厦门，聚集在沙坡头，讨海谋生，繁衍生息，会同从晋江流域和附近河海不断漂来的疍船，以及本港的讨海人家，在此地形成一个热闹的渔区。近岸有天然的避风坞，山顶（岸上）有熙攘的街市，聚集着二十几家渔行，十几家造船作坊，还有专供讨海人所需的打索、制帆、染汁、做钓钩的手工作坊和盐馆、制冰厂等等。一业兴，百业旺。玉沙坡面迎一片海，背靠一座山（陆地），成了人们口中"厦门港"的代名词。直到20世纪二三十年代，厦门市政发展，沿着海边修堤筑岸，聚集在沙坡头的渔船，连同水上之民和傍之而生的渔家百业，因建设电厂，才向玉沙坡的另一角漂移，以碧山岩入海的一道南溪仔为界，划出了渔家一个新的繁盛聚集区：沙坡尾。

我最初认识的沙坡尾，就是这样一个热热闹闹的讨海人的世界！

那时候，避风坞里聚集着大大小小的渔船，最多时达数百艘。有被疍家称为"关帝鞋"的三支桅大钓艚、疍家的"连家船"和穿梭其间摇橹划桨的舢板和阔头。20世纪50年代初，我刚上初中，调皮，常常呼朋唤友算准潮水去海边游泳。一个去处是厦大边上的胡里山海滨浴场，另一个就是到沙坡尾的避风坞。在避风坞里游泳，另有一番风味，浪不大，涌却不小，穿梭在大船和小船之间，游累了，还可以扶着舢板边沿歇一会儿。几个半大小子，有时候故意淘气，扶着船沿暗暗使力，让小舢板左摇右晃，逗来船上渔家妹子真生气或假生气地嗲嗲骂你两句。舢板上摇橹划桨的，大多是年轻的疍家妹。没出嫁的疍家妹，长长的秀发编进一大卷艳丽的"红碰纱"，那些红色的、粉色的羊毛线夹在黑色的发辫中，蓬蓬松松地盘在头顶，像是一片彩霞落在了她们头上；平常走在岸上，也像头上闪着一片霞光。疍家女上街喜欢结伴，乍一看，像是从海边飘来的一片祥云。这是疍家女未婚的标志，也是沙坡尾的一道风景。那时候喜欢诗，后来也学着写诗，记得有两句："渔女的木屐敲打着石板路／熙熙攘攘，晚霞缠在发纱上"，写的就是这时情景。

从避风坞上岸，是一片阔大的海沙坡，细白如玉，绵延数里。赤脚踩在上面，脚底痒痒的，像踩着一团棉花。渔人出海有许多讲究，出航要祭拜，归渔有接风，都在这片海沙坡上举行。特别是归帆，满载渔获，等待在沙滩上的渔家女人、小孩，远远看见风波中出现的亲人，欢声雀跃，涌向船边，七手八脚地手抱肩扛，帮着卸货。岸上的几十家渔行、盐馆、制冰厂和鱼贩，也跟着欢腾起来。于是，船进坞，鱼上岸，欢乐便从沙滩上漾开，感染了整个厦门港。而此时，避风坞却骤然安静下来。"……潮水退下去了／连同沙滩上的喧嚷／船进坞，鱼上岸／卸下的风帆卷夕阳"，这也是当年留下来的诗句。

准备再次出海的时候，避风坞前这一大片海沙坡又喧闹起来。小时候到沙坡尾玩，最喜欢到这片沙滩看渔人为出渔做准备，绞索、织网、补帆、染煮衫裤……都在这里进行。疍家讨海有特别的服饰，他们衣着宽阔、肥大，大袖口、大裤脚，而且要用荔枝树、薯莨根皮或一种叫作"海墘红"的红树林榨汁，把龙头细布（亦有用麻袋布、帆布）做成的衫裤煮染成枣红色，再涂上一层桐油，这些都是为了海上操作方便和减轻海水对衣服的腐蚀，却成了疍家服饰独特的标志。疍家上岸，远远就能认出，女人看头饰，男人看衫裤，一看一个准。

　　我曾有幸体验过一回疍家的穿着。1957年夏天，我在北方读书返厦过暑假，请一位在渔区团委工作的中学同学（也是疍家子弟）安排我跟随渔船出海"体验生活"。那时候两岸关系紧张，渔民捕鱼只能在附近海域，出了大担岛、二担岛，就靠近金门了，对方的海巡艇时不时会突然冒出来追着渔船抓人。我戴着眼镜，一副书生相，混在渔民中万一碰上肯定一眼就被认出来，所以同行的人要我摘下眼镜，换上一身红柴汁染的帆布裤衫，扮成渔民，虽然不像，但有幸让我尝试了一番这种宽大的疍家服饰。出海的头一天，吐得天旋地转，第二三天就慢慢适应了。在海上布网、收网要看潮水，有时太阳刚刚升起，有时晚霞撒满海面。讨海人出海不带粮食，"粮食"就在海里。一网上来，挑最大最好的鱼蟹，用海水洗干净，放进锅里，加一点淡水清煮，也不用盐，大家围着锅边就动手开吃。那种鲜味，半个多世纪过去了，仿佛还在嘴边。

　　俗话说：行船走马三分命。讨海人都把自己的半条命交给大海。大海无情，渔难时有发生。特别是早年疍民的连家船、夫妻船，船不大，不过几米长，船身两头尖，前撒网，后摇橹，中间用篾竹、棕蓑和麻布搭棚，一家人"蛏干吃、虾米睡"，就蜗居于这狭窄的空间。一条船，就是一个家。风里雨里，随着潮水漂泊，日夕与风浪做伴，也日夕与厄难相邻。船上夫妻有了孩子也提心吊胆，用一条绳索系在孩子腰间绑到桅杆上，以防不慎掉进水里。1956年，著名散文家杨朔在《人民日报》副刊发表过散文《夫妻船》，就记述了这样的悲剧："有一回，在丰收的季节里，全家人只顾捞鱼，猛回头，孩子已滚落大海，霎眼时间，孩子已无影无踪了……"

　　渔人乐观，在表面的洒脱背后，是一连串的苦难和灾祸。

讨海，其实就是拿生命与大海搏斗。当人无力战胜自然时，只有祈求神明保佑。因此，疍家的信仰是一种泛神信仰，无论是释是道，观音菩萨、关公、妈祖，无论是字姓神还是船仔神，行业神还是地方神，抑或是风雨雷电、天公月娘、豚蛇龟鱼、树桩怪石，神灵无处不在。"石狮无言而称爷，大树无故而立祀，木偶漂拾，古枢嘶风，猜神疑仙，一唱百和。"（清道光《厦门志》）小小一个沙坡尾，延至整个厦门港，从鸿山寺到南普陀，方圆不过几里，自明以来兴建的寺庙宫祠就达四十余座，所谓十丈一宫，百丈一寺，密集度在全厦门堪称第一。疍家虔诚，佛道同尊，神鬼共祀，见庙烧香，见神叩头，相信"拜神神就在，礼多神不怪"。但与疍家、渔户最为密切的，还是与海相关的几尊神明。例如妈祖、四海龙王、风神、代天海上巡狩的各府王爷、落水献身的水仙诸神，以及行业守护神钓艚王、钩钓王，字姓神中张氏敬奉的老标元帅、阮氏敬奉的三妈夫人，甚至连驱荷复台的延平郡王等等，都受人崇拜。信仰广，神明多，香火自然也旺，每年的祭祀拜拜，抬神挂香，声动整个厦门城，煞是热闹。

20世纪六七十年代，我离家多年，偶尔返乡，再到沙坡尾，这些寺庙多已不在，连同曾经的祭祀拜拜，也都销声匿迹。岁月沧桑，社会波荡，有些是毁于自然灾难，不少却是损于人事祸端。有人不甘，悄悄把神像和一些祭拜物件秘藏起来，或搬回家里。始于广大信众精神寄托的民间信仰，庙可以拆除，神却长留心中。因此，当那场肆虐十年的政治风波过去后，许多宫庙就迅疾修复起来，那是广大信众你一点我一点不拒多寡集资修建的。有的粗陋，有的却雕龙绘凤，规模宏大，更胜昔日风光。民间信仰的顽强生命力，植根于世俗人生的精神需求。虽然繁简有异，但宝贵的是人心中那一份不灭的虔诚与崇敬。

传统民间信仰的观念，在现代生活的精神激荡下常会催生出新的诠释和寄意。近日颇为热闹的、被列入联合国教科文组织《人类非物质文化遗产代表作名录》的"送王船"信俗及仪式，就是一例。王爷信仰及其"送王船"祭拜仪式，盛行于闽南滨海地区，后随着移民的足迹和海上贸易，传播到中国台湾地区和东南亚一带，据称早自明清年间就已开始。一个佐证是，厦门同安的吕厝村四年一祭的"送王船"，其主祭的王爷至2001年已是第一百四十八任。依此推算，"送王船"祭拜已有六百年以上的历史。它不同于北方的"送瘟神"。瘟神祭拜始于隋，据称隋文帝时天空出现五力士，穿五色袍，执不同法器，降瘟布灾。《黄帝内经·素问》称："五疫之至，皆相染易。"隋文帝为其立祠供奉，尊为五瘟神，后为道教收纳，列为神灵。其仪式主题名为"送"，其实内含"驱"意，为禳灾，将瘟神驱走，始有毛主席"借问瘟君欲何往？纸船明烛照天烧"的诗句。而闽南地区的王爷信仰与之相反，其无具体形象，只一块木牌，上书"代天巡狩"，主旨是护民。仪式的主题是护送王爷，四海巡游，以拯疾扶危，抚苦救难，收纳落难海上的无主游魂，不使兴灾作祟，协同扶危救难，祈祷风调雨顺、国泰民安。五姓王爷（朱、吴、池、李、范），或三年一任，或四年一值，轮班替天行道。每次的出巡仪式，从准备开始，要延续大半年。从"迎"开始，"竖灯篙"，"造王船"，列牲祭拜，巡境踩街，到入海焚烧，每个环节都寄托着信众的祝愿。特别是"竖灯篙"，把历年不幸罹难海上的游魂称为"好兄弟"，召唤至王爷船上，成为兵将，随同出巡。所造王船，精仿如真，木质构造，彩绘髹漆。出巡前，由信众备足柴米油盐及各种生活用品，以各地的民间歌舞艺阵，踩街护送，簇拥送至海边，焚烧出境，福荫四方。这一套从明代留传至今的仪规，其规模之宏大，其群情之热烈，仿如一次人神共欢的盛大嘉年华！

2020年，由中国和马来西亚两国联合申报的"送王船——有关人与海洋可持续性联系的仪式及相关实践"成功列为人类非物质文化遗产，张扬了这一信仰的正能量，突出了"人与海"亲密关系的主题，可见当代文化意识对于传统民间信仰观念的重新诠释和提升，赋予其新的文化内涵和价值。当这一申报正在讨论审议时，恰好这一年轮值的沙坡尾龙珠殿和马来西亚马六甲的勇全殿相约，同时举行盛大的"送王船"祭拜活动。我曾经参加过厦门吕厝、台湾台南和马来西亚马六甲的"送王船"活动，其盛大的规模、庄严的仪典、群情激扬的氛围、万人空巷的盛况，给我留下极深印象。遗憾的是，这场在联合国教科文组织审批前夕举办的盛典举行时，我恰在外地，无缘亲睹，相信它会格外隆重和意味深长。一艘长11.12米、宽2.55米的仿真福船，通体髹漆精绘，船上旌旗招展，仓内备足柴米油盐，船后的踩街艺阵载歌载舞，祭奠的猪头五牲列成长行，从沙坡尾避风坞边的龙珠殿出发，万人簇拥，绕境巡游，推送到几里外的曾厝垵海边，举行祭拜焚烧仪式。"送王船"仪式列入"非遗"名录的荣耀，给沙坡尾增添了一分光彩！

沙坡尾正面临转型。昔日的疍家都已上岸，近海捕捞也已走向远洋，新的现代化渔港已另辟新岸，容不下大型渔轮的老避风坞只剩下一道小小水流，避风坞前那片著名的玉沙坡建起了大片大片新的楼宇……沧海桑田，谁能挡得住岁月的脚步？曾经鱼欢人跃的沙坡尾渔港的退场，意味着一个近海渔捞时代的结束，另一个远洋捕捞时代的开始。

沙坡尾将向何处去？这成了人们关注和议论的话题。

它会成为另一个将小渔村变为以特色餐饮和民宿招徕游客的曾厝垵吗，还是像许多退役的老工业厂房那样挂上"文化创意园"的招牌而延续日渐衰老的生命？近几年的沙坡尾仿佛摇摆在这两者之间：它有了一幢五层楼的"吃堡"，"吃堡"周边荟萃了闽南各种特色小吃；也有了在厦门水产品加工厂旧址改建的面临大海、占地数千平方米的"艺术西区"，这里聚集了披着新潮外衣充满文青气息的各种艺术小店，依然以餐饮牵头，你在啜饮咖啡或品尝小吃间，可以欣赏着包括雕塑、版画、陶艺、影像、音乐、动漫、服饰、手工艺等等店主人精心设计的精美制品，还不时举办一些小型展览，吸引外来游客和本地文青。最引人注意的是几年前举办过一届"彩虹节"。整个艺术西区被炫丽的霓虹般的色彩重新包装，来自各地的熙攘人群欢庆自己的节日。有电影和相关的艺术展览，当然还有不为圈外人所知的一些活动。我得悉后也赶去见识见识。站在这个披红挂彩的小小空间，环顾四周，突然想起仅百步之遥就是老避风坞前有数百年历史的妈祖庙、朝宗宫（祀四海龙王）和龙珠殿（祀钩钓王）。我的耳边喧哗着彩虹节尽情的狂欢，而我的眼前依然可以看到不远处妈祖庙、朝宗宫和龙珠殿虔诚信众的明灭烛光和氤氲香火。从宫庙内信众的喃喃默祷到彩虹节的狂欢，二者在空间上是如此贴近，在精神上又是如此遥远。历史的骤变只在瞬间，让你无法预料，也难以想象，使我不禁恍惚，如在梦游。

这也是沙坡尾！

然而，关于沙坡尾走向的争议依然没有结束。毕竟，曾经的讨海人家大都还聚居在这里。沙坡尾的每条街道，都烙着岁月的印记：从镇南关到演武亭，从渔行口街到设有台湾会馆的"馆口船头"，走在沙坡尾，你仿佛步步都踩在"历史"上面，许多海洋往事都在这里凝聚……沙坡尾的风依然带着海的咸腥味！

沙坡尾无法抹去历史在它身上烙下的印记。无论是胡里山炮台克虏伯大炮的轰响，还是挥泪过番留在沙滩的叠叠脚印，无论是浮家泛宅的蛋民"连家船"泊岸形成的讨海聚落，还是新楼林立的新社区……沙坡尾是厦门的缩影，这是中国从17世纪以来抵御外侮、走向海洋的历史记忆。有一个强烈的声音在呼吁：让这份记忆重新站立起来，沙坡尾应当成为人与大海数百年发展的见证！

沙坡尾该如何响应这样的呼吁？

一个社区的形成、定位和走向，是历史选择和时间积淀的结果，有其必然性，也有许多偶然性。沙坡尾从军港、商港到渔港的身份转换，就是这样出现的。那么，一个刚刚揭开面纱的变化中的沙坡尾，将以何种面目向未来走去？人们都在等待。

历史的选择需要机遇，也需要时间！

寻找鼓浪屿

这里的每缕阳光都那么稔熟，这里的每片树叶都似曾相识，这个叫作鼓浪屿的小岛，沉浮在我生命的大海里，漫过了长长、长长的岁月！无论我远走他乡，或是就在身旁，它都在我心中荡漾……

我算不上鼓浪屿的"原住民"，但我在鼓浪屿出生。

我不知道我的祖辈，祖父、曾祖父（甚或更早），是怎样从南安那片大山里走出来的。从长辈留下来的片言只语中推想，他们曾经像一个多世纪前流传在家乡的那首长篇说唱《过番歌》那样，怀揣一袋番薯干，一步三回头地唱着对故土亲人的不舍和牵念，漂洋过海到菲律宾，而且到了菲律宾最南部的棉兰老岛的纳卯。我也不知道他们后来怎样落足到厦门，在一百多年前的厦门老城那个"大品仔内"古早大厝里留下了一张三代人的全家福，照片里有好几位一身裙装打扮的菲律宾妇女，她们应该也是我的家人。我更不知道是什么原因留着厦门的老厝不住，一家十数口搬到鼓浪屿，租住在一幢留名于《鼓浪屿建筑》里的褚家园一楼。祖父生命的最后时光，父亲那辈人结婚生子、过番谋生，人生许多大事都在这里完成……

老人们都走了，这些都成为永远的谜。追询今日鼓浪屿的老居民，除了一些显赫的人家，有几个能理得清上几辈人的这团乱麻？

但在我的生命里，我是实实在在由鼓浪屿陪伴着长大的。

那段日子并不是鼓浪屿辉煌的记忆。1938年5月，日本侵略者攻陷厦门，风声一紧，不满周岁的我被母亲抱在怀里随着全家"跑反"回到南安码头镇的刘林村老家，几个月后才重返鼓浪屿。因为鼓浪屿是万国租界，日军虽然虎视眈眈，却暂时未踏进与厦门只一水之隔的这座小岛。但鼓浪屿是个不满两平方公里的孤岛，一应物资，甚至连淡水，都得依赖厦门。厦门一沦陷，大批难民涌进鼓浪屿，而鼓浪屿周边的海面尽被日军封锁，物资之匮乏可以想见。当时在厦门驶往鼓浪屿的轮渡码头，都有荷枪实弹的日本军人、警察把守，森严壁垒不知为了什么军事目的，查禁"走私"恐是主要。那时候，岛上有些孤立无援的人家会冒险从厦门把几斤大米缝进细细长长的布袋，缠在腰间，偷偷带回鼓浪屿，日子的艰难可见一斑。

1941年12月，日本偷袭珍珠港，太平洋战争爆发，日军便轻易地从厦门跨进鼓浪屿。鼓浪屿的外国领事馆撤了，番仔楼里的华侨走了，鼓浪屿顿时显得空旷起来。招摇过市的只剩下日本军人闪闪的刺刀、台湾浪人的骄横和狼狗的狺狺。这是鼓浪屿最阴郁的年月。在我的印象里，那时候鼓浪屿的女人比男人多。男人都出洋了，固守在家的多是他们的眷属。我们这个大家庭——祖父有八子二女，在男人们出走后，各房便分开四散避难，只我们一家依然守在那幢带有一个小院的番仔楼。侨汇已经不通，只有偷偷"走水"的水客在深夜里轻轻叩响紧闭的窗棂，悄悄唤一声"侨批到了！"便引燃了侨眷人家久旱逢甘霖般的欢乐，他所带来的不只是钱，还有亲人的平安信息。

鼓浪屿硕大的热带花木照样烂然绽放，鼓浪屿亲吻沙滩的海浪依然浪漫喧哗。八月的台风从多雨的菲律宾一路奔袭而来，摇晃着高高的树木如疯妇一般披散长发凄厉地呼号，掀开紧闭的窗户想告诉你的是幸，还是不幸？我伴着鼓浪屿走过那艰难的八年，那是我的一整个童年！

和煦的阳光照在院子里两株高过围墙的米兰，那是日本战败后的1945年10月，祖父、父亲和伯伯、叔叔们从菲律宾归来，四散分离的各房又聚在一起，冷清了几年的家重新热闹拥挤起来。我在陌生而又似曾熟悉的亲人们间开始感受岁月的欢好，也开始体味一个大家庭聚合离散的必然命运。

祖父在归来的第二年夏天就病故在鼓浪屿。聚拢的大家庭又复星散，各房过各房的日子。

在我十岁那年，我家搬到厦门。没过几年，我初中毕业又回到鼓浪屿上学。我就读的那所师范学校就设在鼓浪屿著名的毓德女校的旧址，它的左邻是风韵犹存的万国俱乐部旧址，对面是当时某幢已荒草萋萋的著名园林，我们自己动手在那儿建体育场和食堂——如今都是厦门干部疗养院的一部分。这是共和国最初的兴旺岁月。我开始学会用自己的眼光来审视鼓浪屿，感受它的热情、它的优雅、它的欢乐和它的忧伤。我们常常在晚餐后踏着夕照的余晖，沿着穿过万国俱乐部的林间小路，在浪花拍岸的田尾海滨浴场快乐地唱着忧伤的俄罗斯民歌。当月光粼粼漾在海面，我曾经为它写诗："最爱是鼓浪屿青色的夜/凤凰木上一弯新月……"我喜欢在清晨的海边散步，登上礁石看辉煌的日出把轻漾的浪波染成一片殷红；也喜欢在黄昏退潮的沙滩踯躅，海在远远的地方喘息，仿佛一个饱经忧患的老人依着礁石轻抚自己斑驳的伤口。鼓浪屿许多著名的别墅、建筑，大都门窗紧闭、楼空人稀，但不经意间你会从那雕花的彩镶玻璃后面听到一缕琴声悠悠传来，那是素有钢琴诗人之称的肖邦热情澎湃的《波兰舞曲》。当夜色轻拢，我从弥漫着夜来香浓郁香味的幽静小巷走过，身旁每一扇窗户寂寂的灯光都隐约在讲述一个怎样艰辛而多变的故事……这时候的鼓浪屿是平和的、日常的、生活的，没有大红大紫、大喧大闹，也没有大灾大难、大悲大苦。从静谧中溢出的是一种你无法言说，也无须言说的美。天风海涛，只是它美的外表，从宁馨静好中透出的美，才是它的内蕴。

鼓浪屿曾经是异国入侵者最早涉足的地方，也是无数华侨在海外拼搏归来重建家园的首选之地，这创造了鼓浪屿的繁华，也交织着耻辱记忆和光荣往事，只有当它成为历史，在不断的回望中才现出时间的"包浆"。我喜欢这样的鼓浪屿，居家少女般娴静的鼓浪屿，沐浴西潮却未失本土风韵的鼓浪屿，在我远离它的漫长时日，烙进我灵魂般让我深深思念的鼓浪屿！

日光岩下火焰一般的凤凰花，热情地开了一季又一季，像是在呼唤故人的归来。几十年后我踏上新建的琴岛码头，穿梭在摩肩接踵的人流里，突然找不到我所熟知的那个鼓浪屿了。

鼓浪屿长大了，仿佛一个婷婷少女长成簪花戴玉的少妇。

时间悄悄地改变着一切，有时很慢，慢到你感觉不到；有时却迅猛异常，瞬息万变，让你无从准备，也无法抵挡。

最初让我感到失落的是距我家居住的褚家园不远的中华路口（那时叫中路）那座大道公庙不见了。这座清咸丰年间请香于白礁保生大帝祖祠的兴贤宫，庙前有一个榕荫蔽日的大埕（广场）和请戏娱神的戏台。每年的正月元宵，鼎盛的香火中，来这里"乞龟"祈愿和"送龟"还愿的信众排成长长的队伍，络绎不绝，有些还是特意从海外归来祭拜的。用糯米做成的还愿"红龟"，有的竟有一个圆桌面那么大。信仰是一个民族的精神根柢，俗称大道公的保生大帝，是跨越海峡两岸的最重要的民间保护神。与厦门辟为通商口岸差不多同时兴建的兴贤宫，意味深长地楔进一堆西洋建筑当中，风光无限，为鼓浪屿居民们留下一份作为中国人的信念和记忆。

可惜它被拆掉了！

同样应该铭记的还有鼓浪屿的番仔墓。没有资料记载这座今日已改建为"鼓浪屿音乐厅"的洋人墓场是从什么时候开始修建的。但它那带有精美雕塑、偶尔还镌刻着几句小诗作为墓志铭的墓碑和墓园，曾引起童年时代的我的好奇和兴趣。我曾经带着几位如今显赫文坛的大学同学游览过这座墓园，在欣赏墓碑的精美雕塑中，也戏写自己的"墓志铭"。听说它是在后来的风雨岁月中逐渐被荒废和履平的。这原本没有什么值得懊悔的，只是当后来我们追怀历史，才发觉它的存在正是鼓浪屿曾被西方殖民者侵入和与西方殖民者有合谋关系的传教士东来的一份证明。我们其实没有必要把这份记忆抹得那么干净。

历史造就了鼓浪屿。老鼓浪屿人在榕荫下谈今讲古的时候，会把鼓浪屿的身世扯得很远，从南宋年间的五龙屿到明代阴差阳错因闽南话谐音而来的鼓浪屿（或说岛上有一石，中有孔，浪击礁石，其声如鼓，称鼓浪石而得名）。但鼓浪屿真正走进世界，则是19世纪那场因鸦片而起的失败战争。这段大家熟知的历史，带来鼓浪屿第一次的"变脸"。细数鼓浪屿每一幢建筑的前世今生，从领事馆到教堂，从四落大厝到番仔楼，都保留着一份历史记忆，无声地叙说着那些风云涤荡的日子。当鼓浪屿被公认为"世界建筑博物馆"，背后的殖民侵入史、华侨创业史和东西方多元文化交融史，成为一个特殊的存在，纠结在中国近代以来的历史中，走过了整整一个多世纪。

2017年，鼓浪屿以"历史国际社区"的名义，被联合国列入《人类非物质文化遗产代表作名录》。这是鼓浪屿的又一次"变貌"。在漫长的九年"申遗"过程中，街道加宽了，广场增多了，花更繁了，鸟更喧了，每幢著名的历史建筑都重新修饰，挂上牌子，表明它的名分和身世。每个街头路口都满是咖啡座和风味小吃店，宁静和嘈杂交错，从室内走向街头的流浪歌手，让静雅的弦乐四重奏退席而扬起喧嚣的摇滚……而最震撼的是游人，在限客之前，这个不满两平方公里的小岛最多时一日游客竟达十万之众，如过江之鲫，摩肩接踵，你怎么形容都不过分。

这是鼓浪屿新的定位：旅游景区！

对于鼓浪屿曾经的住民，在感受它美丽新颜的同时，不免也会有一种失落。

鼓浪屿的学校迁走了，那所由创建于一百三四十年前的英华书院、毓德女校、怀仁女校合并而来的厦门二中，搬回了厦门；鼓浪屿的医院不见了，同样由兴办于一百二三十年前的著名的救世医院、博爱医院整合而成的厦门医院鼓浪屿分院，也搬离了鼓浪屿。腾出的空间让给大量慕名而来的游客。宁静温馨宜居的鼓浪屿，已经成为喧嚣的景区而不是居住区了。许多不堪其扰的鼓浪屿老住民，在失去了基本的教育和医疗保障之后，纷纷不舍地离开鼓浪屿。人是社区的主体，鼓浪屿成功申遗成为"历史国际社区"，历史建筑俱在，人却没有了。一个没有人的社区，装饰得再美，也只是一件展览品。

文化之丢失，是鼓浪屿最大的损失。

鼓浪屿被称为音乐之岛。从1848年鼓浪屿有了全国第一架管风琴开始，音乐便浸透了鼓浪屿的灵魂。一直为人们津津乐道的，是鼓浪屿的钢琴人均量全国第一；鼓浪屿有一百多个音乐家庭，在花香弥漫的春日或星光莹莹的秋夜，时不时会从这幢楼或那幢楼传出一家老小参与其间的家庭音乐会悠扬的琴声、歌声。从鼓浪屿走出的音乐演奏家、指挥家、教育家不胜其数，如有"中国第一个声乐女指挥"称号的周淑安，曾任上海声乐研究所所长的林俊卿，钢琴演奏家殷承宗、许斐平、许斐星、许兴艾、卓一龙，指挥家陈佐湟，小提琴演奏家许斐尼，钢琴教育家李嘉禄，男低音歌唱家吴天球，等等。是的，鼓浪屿新建了由爱国华侨胡友义捐赠的钢琴博物馆，收藏了四十余台来自世界各地稀世名贵的古钢琴，但鼓浪屿著名的音乐学校却搬走了。鼓浪屿还会有那样的音乐氛围和新的音乐家出现吗？

鼓浪屿还是个科学之岛、文化之岛。这座人口最多时也只三四万（现仅有一万余人）的小岛，竟然走出了中国两院的八位院士，他们是：化学家卢嘉锡、妇产科专家林巧稚、量子化学家张乾二、生物学家王应睐、船舶学家顾懋祥、高分子化学家卓仁禧、矿产学家洪伯潜、病毒学家黄祯祥。八位中有六位毕业于英华书院，一位毕业于毓德女校，这两所学校都是厦门二中的前身。还有结缘于鼓浪屿的一批名家，如汉语拼音文字前驱卢戆章、文学家林语堂、语言学家周辨明、天文学家余青松、体育学家马约翰、考古学家郑德坤……如果把我所知道的鼓浪屿名人都列出来，那无疑是一片灿烂的星空。鼓浪屿的生命力，在于它融合了多元文化，还在于在特殊环境中培育起来的鼓浪屿人的智慧和创造。如今连中学都没有了的鼓浪屿，还能期待它有怎样的科学与艺术的明天呢？

文化遗产的保护，最重要的是文化生态环境的保护。如今，历史的变化，造就鼓浪屿的文化生态环境已经改变，鼓浪屿已不可能再是当年的那个鼓浪屿了。这是一个新的鼓浪屿，旅游胜地鼓浪屿。你依然可以在晨曦中登上日光岩观日，在夕照的霞辉里流连港仔后海滨浴场，你被满满的人流簇拥着，去参观英国领事馆、三一大教堂，去叩响印尼华侨黄奕住扩建的有"中国第一别墅"之誉的黄家花园、菲律宾华侨黄秀烺为表达对西方的不满而特意用中国斗拱飞檐的歇山式屋顶盖住西式建筑主体的海天堂构……但你已看不到那个有自己生命的鼓浪屿。鼓浪屿走进了历史，不同的人寻找不同的鼓浪屿。如今我站在鼓浪屿最热闹的龙头街，突然恍惚：我在哪里？我的鼓浪屿在哪里？

鼓浪屿已经变了。对于一个曾经的老住民，今天的鼓浪屿只是用来参观、用来叙说、用来回忆、用来怀念、用来寻找的……

哦，鼓浪屿！

《海底反》唤醒的记忆

广州一位年轻朋友给我寄来了一份我久寻不得的歌仔册《新刊东海鲤鱼歌》的复印件。这是他拜托留学英国的同学从牛津大学博德利图书馆拍照传来的。

博德利图书馆，是海外收藏闽南语唱本——歌仔册最早也是数量最多的一个公立机构。据称，1882年，博德利图书馆向传教士伟烈亚力购买其在中国传教时收藏的闽南语歌仔册，计十九本二十六首，其中大部分为清道光年间或更早时候闽南书坊的民间刻本。这个收藏时间或许有误，因为据传教士艾约瑟所述，1867年他为博德利图书馆编辑藏书目录时，这批"歌谣"已经入藏。由此看来，博德利图书馆收藏歌仔册的时间还要更早一些。此后若干年，博德利图书馆的闽南方言歌仔册收藏已近六百册五百余种。

据这位年轻朋友介绍，目前海外歌仔册的收藏，除牛津大学外，还有德国的巴伐利亚州立图书馆，日本的东京外国语大学图书馆、国学院大学图书馆、天理大学图书馆等。在国内，"上世纪二十年代末，著名学者顾颉刚任教厦门大学时，即对闽台歌仔册产生浓厚兴趣，亲自从泉州购买了一批唱本作为厦门大学民俗学会的收藏。而后又推动中山大学‘风俗物品陈列室’从厦门会文堂书局购置一批歌仔册，亲自接收并作估价，于《民俗周刊》1928年10月号《本所风俗物品室所藏书籍器物目录（续）》上给予刊布”（据中山大学中文系潘培忠副教授的邮件）。目前国内歌仔册的收藏主要来自20世纪民俗学家的捐赠，如北京国家图书馆的歌仔册藏品乃是郑振铎先生的旧藏，首都图书馆的歌仔册藏品主要是吴晓铃先生双棔书屋的旧藏，复旦大学图书馆的歌仔册藏品原为赵景深先生的旧藏，潮汕历史文化研究中心的歌仔册藏品为民俗学者薛汕的捐赠。此外个别机构如福建省艺术研究院、厦门市台湾艺术研究院等亦有少量收藏。20世纪初叶以后，歌仔册的出版和传播中心分流至台湾，因此迄今台湾的歌仔册收藏数量最丰。台湾傅斯年图书馆、台湾大学图书馆、台湾政治大学图书馆、台北图书馆、台湾文学馆、新北台湾图书馆、宜兰台湾戏剧馆等均有歌仔册藏品，大多亦为前辈学人的捐赠。此外尚有部分藏品为私人收藏者所有。据称，台湾歌仔册的收藏总量在一千五百种至两千种之间。相对而言，在歌仔册的出版地——厦门和泉州，除厦门市台湾艺术研究院收有几十册外，其他几乎难得一见。

　　所谓歌仔册，系用闽南方言演唱和记录的一种民间唱本。一般七字为一句（亦有四言、五言、六言、八言、九言和杂言等），四句为一葩，也有不分葩，一气唱到底的。这样的演唱，没有专门曲谱，多套用民间俚曲时调，如孟姜女调、苏武牧羊调、歌仔戏的杂念调等，或演唱者自创，半唱半念；伴奏以月琴或后来歌仔戏流行的大广弦为主。这就是民间所称的“唱歌仔”或“念歌仔”。为求得流传和推广，民间印书坊便将这些“歌仔”刻印出版，即为“歌仔册”或称“歌仔簿”。歌仔册的印刷简陋，一般为三十二开本，只几页，一首或数首装订成册；但其题材广泛，既有传说故事的敷演和舞台戏码的改编，也有时事新闻的演绎和弃恶从善的劝世，很受民间欢迎，它还越出闽南流向台湾，并广泛流传于东南亚诸国。18世纪、19世纪，是歌仔册的鼎盛时期。这些民间书坊，以厦门的会文堂、文德堂、博文斋，泉州的见古斋、绮文居、以文堂等最为著名。尤其是会文堂，道光及之前的刻本大多为其所出。1936年，历史学家向达赴英国访学时，于牛津大学目验大批中文图书，回国后撰文《瀛涯琐志——记牛津所藏的中文书》，向国人介绍，其中包括博德利图书馆从伟烈亚力等手中购得的"福建民间歌谣"；所见藏本，以道光年间厦门会文堂刻印的《绣像荔枝记陈三歌》为最早。

《新刊东海鲤鱼歌》是博德利图书馆首藏的十九本歌仔册之一种。全篇共六页，首页封面有铅笔书写的索书号"sinica277"，还有另外一些阿拉伯数字，不明其意。全篇未署刊印书坊和印制年月，只能从其是1882年（或更早）博德利图书馆向伟烈亚力所购的十九本闽南方言歌仔册之一推测，该歌仔册应当属于清道光年间或更早时期同一书坊的刻印品。封面篇名《新刊东海鲤鱼歌》，中间骑马缝却印有"海反歌"三个字，应是这首歌仔的另一个更通俗的名字。记得年轻时我从民间艺人说唱中听到的是一个更直白的名字：海底反。它讲述的是东海龙王欲娶鲤鱼旦做偏房的故事。长得"朱唇玉貌石榴齿"的鲤鱼旦，其美丽为海龙王所垂涎，便命鱼虾龟鳖前去提亲。"犁鱼担盘去，目贼做媒人；赤鬐要送嫁，水母叫也通；红鱼仔，举彩旗，水圭仔，打鼓响叮当；婆倚仔，搬嫁妆，塔西偃倒叫来扛……"一支浩大的强娶队伍威风凛凛，却遭到"做人真节义"的鲤鱼旦的拒绝，众水族也群起反抗，"相呼相叫总着反"。于是，"鳄鱼当主帅，红虾做军师，龙虾做先锋，水圭走文书……"一场海底总动员，向霸道的海龙王大造其反。最终鲤鱼旦还是被海龙王收入偏宫，但这部说唱最可宝贵之处是底层水族的反抗精神和拟人化的艺术呈现，根据海底鱼虾龟鳖各自的形态和秉性，形象而又准确地塑造了反抗大军不同的角色。

20世纪40年代，厦门著名芗剧（歌仔戏）艺术家邵江海在改编传统剧目《白蛇传》时，曾借鉴《新刊东海鲤鱼歌》，将"海底反"的情节和方式引入《水漫金山》一折，让这些水中鱼虾变身征讨法海的正义大军，依据它们自身的形态特征，各司其职：

> 虎鱼先锋，手举双股剑，
>
> 龙虾将军，丈二三叉尖，
>
> 红鲟双枝金交剪，
>
> 杭鱼元帅，单条毒药鞭，
>
> 目贼提铁链，
>
> 章鱼水卷放毒烟，
>
> 飞鱼飞冲水面似飞燕，
>
> 大吴翻波如疯癫，
>
> 蛤小姐，赤身露体真香艳，
>
> 虾姑娘，三寸金莲挂铁尖，
>
> 田螺吹起前进号，
>
> 鱿鱼举旗趋向前，
>
> 龟将军，登陆真危险，

鲟上将，横左右行，

传递者白鱼、水尖，

运输队红瓜鱼、大头鲢，

鱿鱼海参准备肉搏战，

龙文鲨、红吴鲨、猫鲨、狗鲨……

后方大炮连，

好笑鲎公鲎母也参战，

背在加只（叠在背上），

颠也颠，显也显，

战线之中也姻缘……

好一支浩荡水军，把个烟波滔天的水漫金山演绎得生动、鲜活，而且充满趣味和幽默感。我不知道作为歌仔戏著名艺人和编剧的邵江海是否读过这册《新刊东海鲤鱼歌》，但他肯定听过民间艺人演唱的《海底反》，或者他就是《海底反》的传唱者。他改编的《白蛇传》不仅继承了《海底反》的抗争精神，而且发展了《海底反》来自民间的艺术智慧。

说到《海底反》，我想起一段往事。1957年夏天，我从北京回厦门过暑假。那时候，我刚进北大中文系，一年级有门必修课叫"人民口头创作"，这是学习苏联教学体制新设的课程，其实与20世纪二三十年代就已兴起的"民间文学"或"俗文学"是同一内容。刚上过课，听了一点"理论"皮毛，回家便想"实践"一下。于是邀了中学同班好友、先我一年考入福建师院中文系的吕良弼，两人骑着自行车到同安乡下搜集双乳峰的民间故事。那时候，厦门一位戏剧工作者蔡剑光从民间艺人演唱中记录、整理的民间说唱《加令记》，正在《厦门日报》的《海燕》副刊刊载，我们便也学样从泰山路口的水仙宫旁请了一位说唱艺人来我家里演唱。我们选中了他曲目中的《海底反》，两人紧紧张张地摊开笔记本边听边记，还不时打断他的演唱询问那些稀奇古怪的海底鱼虾的名字，折腾了整整一个上午。由于缺乏记录方言俗字的知识，加上对海里水族那些奇奇怪怪名字比较陌生，这首长篇说唱自然没能整理出来，当年十分宝贝的那个笔记本最后也不知所终，倒是对这位说唱的盲艺人留下深刻印象，至今未忘。仿佛他的名字就叫洪道，脖子上长了一个瘤子，虽是盲人，但还留些余光可以自己摸索着走路；怀里一把月琴是他唯一的伴奏乐器。他的声音时而亢烈，时而舒缓，抱在胸前的月琴也随之或如疾风骤雨，或如杨柳轻拂。我想老一辈关心民间艺术的厦门人一定还记得他。

暑假后回到学校，听说教我们"人民口头创作"的朱家玉老师失踪了。当时我们还是刚入学不久的低年级学生，并不清楚学校的许多掌故，只记得给我们上课的朱老师十分年轻，好像比我们大不了几岁，甚至比有些调干的同学还要年轻；但她热情、认真，待人接物温柔谦逊，对学生也是如此。当时北大中文系有许多名师、名课，大家的关注点都在这些名师、名课上。不过上这些课很累，不仅课前要预习，课堂上要做笔记，课后还有作业。虽累，大家劲头还是很大。像"人民口头创作"这样的课，当然算不上名师、名课，可大家还是很乐意去上，因为上这样的课很轻松，带两只耳朵就行。老师在课堂上还喜欢引用一些民谣儿歌，讲述它们的来龙去脉，佐证她的理论，常常弄得全班哄堂大笑。我还记得她引用的一首童谣，头两句是：

风来了，雨来了，

和尚背着鼓来了！

课后我就想，为什么是"和尚"背着"鼓"来了？它和"风来了，雨来了"有什么逻辑关系？或许所谓童谣根本就不要逻辑关系？它会不会是另一个意思的谐音演变来的？比如是"禾场晒着谷来了"之类。这个问题在我心中藏了六十多年，当时来不及问，老师就匆匆走了，它也就成为我对"人民口头创作"课和老师的一份永远的忆念。

这一杯苦涩的咖啡

一缕浓浓的咖啡的焦香味，越过岁月的蒙尘，沉沉地坠落在我的心中。

这是20世纪90年代的一次偶遇。为了追寻一首民间流传的长篇说唱《过番歌》，我们来到一个叫作善坛的闽南山村。闽南濒海，但并不是每个地方都可以听到涛声，像我们正要进入的这个村子，就深藏在一片大山之中。尽管山路崎岖，百多年来，仍有一条蜿蜒曲折的山路把山里人引向大海，引向那个凝结了我几辈先人心魂足迹的渺渺的异国他邦。

我们已经在这片山海相间的闽南土地上流连了半个多月。我们走进一个又一个村子，在榕须纷拂的乡间旷地，在青瓦红砖的农家大厝，一曲又一曲地听着乡间老人为我们演唱那些如晨霜夜露般稍纵即逝的过番歌谣。他们互相提醒着，订正着，补充着，像咀嚼着自己生命的每一个细节，一首又一首地把那些流传了几代人、含着酸辛和苦涩的谣曲，从岁月的深处挖掘出来，曝晒在今日榕荫下花花的阳光中。

半个多月，我们就沉浸在这种如梦如幻的往昔追寻中。

这次寻访，源自一脉遥远的因缘。20世纪60年代，荷兰青年汉学家施博尔来到台湾做道教的科仪研究。他的有心让他走遍大半个台湾，并收集了大量流传于民间的歌仔册。他在《台湾风物》上发表了一篇《五百旧本歌仔册目录》，引起台湾学界的注意，歌仔册研究便从寂寞中逐渐热闹起来。由厦门会文堂刻印于清道光年间、署名"南安江湖客"的三百多行唱本《新刻过番歌》就是其中的一种。施博尔后来在法国将这部用闽南方言写成的长篇说唱介绍给专事研究东南亚文化的同事、法国社会科学研究中心苏尔梦教授和她的先生、法国远东学院院长龙巴尔教授。1989年秋天，毕业于北京大学历史系、以18世纪贵州夜郎国作为学位论文的苏尔梦和她的夫婿龙巴尔，携带这部闽南方言唱本访问福建社会科学院，并寻求方言注释方面的帮助。因缘际会，我有幸接下这份工作，结识苏尔梦夫妇，并开启了我后来关于过番歌资料的搜集和研究——此是后话。1989年八九月间的这次闽南之行，便是这样开始的。

我们一行：一对法国夫妇和一个闽南汉子（还有陪同的外办人员和司机），穿梭在20世纪80年代还少有异邦人士到来的闽南乡间小道，自然惹人注目。龙巴尔本有几分法国贵族血统，但他一身牛仔加衬衫的装束却也朴素平实。只有他衬衫领口间常围着一条丝质的彩色围巾，才透出几分法国男人的潇洒浪漫。自称是农村出身的苏尔梦，在印尼住访过几年，最为适应这个环境，有时甚至还赤着脚和尾随的孩子打闹。只是连着十几天整日泡在闽南铁观音醇厚的茶香里，开头还不断称赞，渐渐却显出些不适，私底下悄悄地说：如果有一杯咖啡就好了……

我们最先来到南安县（现改市），这是施博尔收集的《新刻过番歌》的产出地。这首长篇说唱描述一位贫困农民迫于生计漂泊南洋的故事。故乡难离亲情难却，他一步一回头地沿着由南安到厦门搭乘海船所经路线：溪尾—岭头—官桥—安海，叙述沿途景致，唱出心中的不舍、无奈和茫然；七天七夜大洋波涛的喧吼，把这个孤独无助的落番者送到举目无亲的异国他邦。人地的生疏、文化的不适和谋生的维艰，让他尝尽了更甚于大洋波涛的起落人生和命运波折。无尽的乡思之苦和现实的谋生之难，终于让他悟出了"劝恁这厝那可度，番平千万不通行"。过番歌保留下万千蹈海落番者的坎坷的人生记忆，包含了表面敷着金光的"番客伯"们背后都曾经历过的酸辛。它在18世纪、19世纪以长长短短的歌谣和不断衍生的异本，在民间广泛流传，是那段历史如夕照斜阳般即将退去的一个证明。

当一拨又一拨老人围坐在月色溶溶的晒谷埕上，或者红砖大厝正厅摆置祖宗牌位的香案前，用苏武牧羊调、孟姜女哭长城调或者歌仔戏的杂念调，断续地哼着这首传唱百年的古老谣曲时，他们幽幽的眼神和苍凉的声音让人难忘。就是在这样的座谈中，一位从安溪做茶到南安的老人不经意地说起，安溪也有一首过番歌，小时候他听过，比南安这首还长，是从安溪一路唱到南洋去的。

说者无心，听者有意。正是这不经意的一说，让我们一路从南安追踪到安溪的善坛。

善坛是个山区。我们走在村中，总感觉在不断地上山下山。闽南人下南洋，应当是从靠海的人家开始。濒海的人生，习惯了波荡涛涌，由近海捕捞、养殖走向远海经营，乃至落番谋生，都顺乎自然。然而当这种越洋走海发展向深深的内山，成为一种让人无法拒绝的潮流，可见为命运驱遣的人生推力有多么强大。深藏大山之中的善坛，变成了著名的"侨乡"，这背后藏着多少辛酸和无奈，只有亲历者才能体味。

　　七八位老人应邀来到村中的一座小楼,一楼还堆着刚收割的稻子,弥漫着庄稼的清香;楼上是一个敞开的厅屋,像是昔日留下的村委会办公的地方,四壁还留着残破的标语,如今成了老人闲聚和年轻人玩乐的场所。几位老人都有过番的经历,大约也都像过番歌的主人公那样,饱尝了谋生的艰难和乡思之苦,才毅然返回家乡。他们对这首流传在安溪的四百余行过番歌谣熟于心,仿佛一句句唱的都是自己。唱词中有期待也有失望,有甘辛但更多的是苦涩。他们沉浸在回忆之中的那种五味杂陈的神情,深深感染了我们。曾经在印尼三年采录华人寺庙和墓志碑铭而追踪华人移民史的法国汉学家苏尔梦,有着特别强烈的感受。华人谋生异邦,并非全都无功而返。少数侥幸获得成功的人士,他们创业发家的传奇大多留在传说和故事里;而更贴近百姓人心的民间谣曲,表达的几乎全是伤心、悔恨和苦痛。历史将怎样看待这份沉在底层的民间记忆,全面而正确地讲述表面被金光敷满了的过番故事?

　　这个座谈会实际上是个采风会,虽然与会者没有一个能够完整地唱完长达四百多行的歌谣,但他们互相提醒、补充,终于把四百多行唱词回忆得八九不离十。特别引起我们兴趣的是唱词的最后两句:"要知此歌谁人编?去问善坛钟鑫仙。"

　　历来民间歌谣,特别是长篇说唱,都是在流传中经不同传唱者不断丰富、补充、修正而最后完成的集体创作,很难像文人作品那样有专属的作者。那么这位被明白写进唱词里的"钟鑫仙"("仙"是一种尊称)究竟是谁呢?是这首长篇歌谣的最初创作者,还是在它的流传成型中发挥了重要作用的传唱者?

　　钟鑫确有其人。一位也在关注这首歌谣的中学老师告诉我们:钟鑫，安溪善坛人，1879年生。小时候读过六年私塾，识文断字。二十二岁那年迫于生计，辞别双亲和新婚妻子，过番来到当时尚属马来亚的实叻（新加坡）和槟榔屿，当过"龟里"（苦力），起早摸黑扛木炭、背米包，历尽艰辛。几年后忍不住乡思之苦，两手空空返回家乡。据说他返乡之后常常编歌劝人："番平好趁（赚）是无影（没有的事），劝你只路（这条路）唔窗行（不可行）。"他特别喜欢哼着这首过番歌，一段一段地教乡亲们演唱，引起许多同是过番者和他们亲人的共鸣，每每嘀泪唱至夜半还不舍散去。钟鑫的经历和过番歌所唱的相似，歌中所述的过番路线就是从善坛的土塘出发，经坂头、龙门、东岭到安海搭船去厦门，这是所有过番者三步一回头留恋不舍的必经路线。它成为肯定钟鑫是这首过番歌作者的重要证据之一。然而唱词最后两句所说的"钟鑫仙"已于20世纪30年代作古了，如果他今日尚在，会作怎样回答呢？

这是我们心中挥之不去的一个疑问。

有幸的是这位中学老师告诉我们，钟鑫还有子嗣留在善坛。这个骤来的消息让我们在欣喜之中决定立即前去拜访，希望从这位钟氏后人身上还能寻得一点线索。

翻过一道坡坎，眼前是一座经过修葺改建的传统老厝，红砖铺地，青石砌墙，在一片土屋中显得特别精神。一位年过七旬的老人客气地把我们迎进门来。只见天井后的一进大厅撤走了香案，摆上沙发茶几，俨然成了中西合璧的客厅。同行的老师介绍老人就是钟鑫的孙子。老人精神矍铄，从言谈举止可以看出是见过世面的。我们说明了来意，他却露出一脸茫然。他说自己并不是钟鑫的亲孙子，而是侄孙。他听说过自己有一位会唱歌仔的叔公，却无缘亲耳聆听叔公的歌唱，也未曾从上辈的手上接过叔公遗下的一纸半页歌仔册之类的家传。倒是秉持着祖辈的传统,祖孙三代都曾经过番到了南洋。尽管叔公屡次编歌劝世人莫去南洋,但抵不住命运的驱遣,他们还是在天灾人祸接踵而至的无望中走向大海。略有不同的是,上两辈都只在南洋浅尝辄止地待了三五年,唯他这辈一去三四十年。他当过苦力扛过麻包,在庄园割过橡胶种过咖啡,还在锡山里采过矿。在度过了最初的难关之后小有积蓄,便开店学做生意。他从实叻(新加坡)到马六甲和槟榔屿,从马来亚到印尼,期待事业能有起色,光宗耀祖回到家乡改变父辈的命运。然而不幸却遇到20世纪60年代的印尼大排华,店铺被烧了,财产被抢了,幸好祖国派船把他们接回故乡。海外拼搏数十年依然两手空空,到了晚年他常常恍惚:该诅咒的是命运吗?

我们一时无言,只有氤氲的茶香在空旷的厅屋飘袅。老人喝不惯时下流行的清香型铁观音,只喝传统制法的老枞水仙,用一把铁壶在炭炉上烧水,塞了满满茶叶的紫砂壶里倒出来的茶汁浓似酱油,入口的苦涩绝非寻常饮客所能接受。老人不断添水,我也频频举盏,唯有龙巴尔和苏尔梦只是礼貌地抬抬手,并不喝。这情景让老人看到了:"哦,这里还有两位法国朋友呢!我们改喝咖啡吧,我有上好的印尼'猫屎',上个月朋友才从苏门答腊专门捎来的。"

于是重整杯盘,老人端出一套镶着金边的精美咖啡用具,拿出包装奢华注入氮气以防止氧化的咖啡豆,熟练地研磨起来。这种猫屎咖啡由苏门答腊的一种麝香猫吃下新鲜多汁的红色咖啡果,经肠道发酵而重新排泄出来的内核坚果通过繁复的清洗加工制作而成。它有特殊的浓郁香味,曾经是印尼进呈荷兰王室的贡品,至今仍是世上最为昂贵的咖啡之一。随着老人研磨咖啡的沙沙声，一缕缕香气已开始飘溢出来。望着这香气弥漫的偌大一落大厝，我们信口问道："你孩子呢，没和你住在一起？"

老人叹了声："年轻人，住不惯乡下喽！"接着又半是感叹半是夸奖地说："这小子，命好，不像我们。八九岁跟我从印尼回来，在国内读的书。二十来岁正好赶上改革开放，便像脱缰的野马，拿着安溪的茶叶南北乱闯。现在总算安定了，在北京开了间小公司，专卖安溪的乌龙茶和德化的牙白瓷，现在跟着时髦还卖起武夷山的大红袍和肉桂。家搬到县城去了，置了楼，说是方便做生意。不过还算孝顺，找了个远房亲戚来照料我的生活，三天两天一通电话，十天半月回来一趟。我这日子过得安生！"

壶里的水烧得咕嘟嘟响。"猫屎咖啡的冲泡规矩严谨而烦琐，要用专用的虹吸式塞风壶，水要沸腾1分45秒至2分钟，温度达到96℃，水压为9～10atm，才移开火源，用冰湿毛巾反复擦拭咖啡壶底，让水温急速下降，咖啡表面呈现出金黄色的绵细泡沫，不能加糖也不能加奶，还不许用汤匙搅拌……"老人细细地说道，一丝不苟地操作，仿佛正在创作一件精美的艺术品，面对自己生命中的一件杰作。

一股浓郁的咖啡的焦香在厅屋里回荡。我们端起杯子浅酌一口，入喉苦涩无比，瞬间一种特殊的芳香穿透全身，齿间生出薄荷般的甘爽。老人眯着眼，陶醉在自己的杰作之中。我们也醉了，不知是为这咖啡，还是为这老人。

这一杯苦涩的咖啡，喝到这里才品出了一点滋味……

寻找生命的庄严

生命是一种偶然。

很多年前，我有过一次西北之行。先是飞机在高原上翱翔。从机窗俯瞰，尽是一道道风侵水蚀的枯峻山梁，浑蒙不见一滴青绿。继而在大漠边沿驰车，数小时不遇一株树影不闻一声鸟鸣。偶尔在路边（其实沙漠无所谓路，只是碾实了一点的沙土）碰见几个抱锹握铲的道班工人，穿着黑色棉袄，羊肚子毛巾包头，眯细了的眼睛如风沙在他们脸上深镌下的皱纹。面对他们，我感到一种生命的艰辛和严峻，同时想起生活在水乡海隅的人们那一份受到润泽的生命的水灵和幸运。

然而，冥冥中仿佛有一种东西在呼唤着我，呼唤我的灵魂向那庄严的生命走近。

就是在这里，我遇见了一个几十年前中学时代的同学。

岁月已使我们无法彼此相认。要不是我永远改不去的乡音突然唤醒他一缕遥远的记忆，我们就会像两颗无缘的流星，匆匆靠近又猝然错过。

那时候他是多么潇洒的一个青年学子，是低年级同学眼中的高年级的高才生，他的一举一动都是我们崇拜和模仿的对象。那时厦门刚解放，课堂外面的天空格外高阔。他是学校最早的一批共青团团员，学生会选举时，他还当选为主席。我还记得每周六下午他在学生集会上演讲时的侃侃风采，记得他在自编的活报剧中扮演鸭绿江畔白衣老人时的奕奕眼神，记得他带领我们去街头宣传、募捐时的组织才干……而且他的功课很好，虽然把所有课余时间都花在社会活动上，但数理化门门上乘。他是20世纪50年代初期的典范青年。

高三那年，他没有报考大学。如大家所意料的，在一片参军参干的热潮中，他报名到了大西北。

那是1952年，他十七岁，一个像鱼尾葵那样青春的年岁。他无法拒绝新的生活的诱惑。

几十年后我重新遇到他，已经找不出一丝一毫当年那个潇洒学子的模样来了。在这个大漠边沿的固沙工作站，他像我遇到的所有西北老汉那样，裹着羊肚子毛巾和灰黑棉袄，黧黑瘦长的脸庞深镌着密密皱纹，就像那一道道风侵水蚀沟壑纵横的山梁。

他最初是作为修路大军的一员走向大西北的。那是一种他所无法拒绝的时代的召唤。继而就在那场不幸的灾祸中罹难。他被逼走向大漠深处，这次则是由于另一种他同样无法躲避的命运的厄难。

无论是自愿的选择还是被动的服从，人都为一种命定的逻辑所左右。

他说，那时他想过死，或者跑回故乡。但他不肯就这样认输。他在固沙站种植一种沙叶柳，这种只在春天才冒出一星星绿意的谦卑的小灌木却有一份顽强的生命，能从沙底深处吮上一点点水分，给浩瀚的沙海撑起一脉风光。人不能不如一棵树。他风风光光地离开故乡，绝不能窝窝囊囊地回去。他要为自己保存一份完整的青春记忆，给故乡留下一个完好的青春形象。

他和亲人断绝了一切音讯。

他在沙海里消失了几十年。他曾经是海的儿子，他爱鼓浪屿那片蓝缎子一样的海，每夜思念得苦。他把海藏在心里，几十年，干涸了，凝固了，变成他每天必须面对的另一个海——沙海。

现在，当年那不起眼的一星星的绿已经形成一片绿洲。

直到二十多年以后，他重新面临一种作为补偿的生命的选择。他悄悄回了一趟故乡，在这里他已没有了任何亲人。他只悄悄地在海边流连了几天，到自己的母校去了一趟，在他上过课的教室、演过戏的礼堂站了一站，谁也没发现他，谁也不认得他。这个夜夜在他梦中弥漫开来的海，变得陌生了；倒是那个在他罹难时收留了他的每天必须面对的海——沙海，使他思念得苦。

他再次选择了大西北！

这次是为了什么？为了什么？

从西北回来后，我常常在梦中被一种莫名的揪痛搅醒，才知道这次相逢在我心中留下深深的一痕。像嚼过沙原上骆驼刺星样的紫色浆果，嘴里时时留有一丝苦涩的滋味，有它显得沉重，无它却会觉得人生太平淡。生命是一种偶然，你降生在何方水土、哪个时代，这全是偶然。而人生呢？人生则是一种必然。蝇营狗苟是一种人生，轰轰烈烈是一种人生，庸庸碌碌平平淡淡也是一种人生。你由南而北，由北而南，你通达，你顺畅，你厄难，你艰辛……人就在这偶然和必然之间选择、寻找、造就自己。

那么，他寻找什么呢？一种归宿，一种信仰，或者一种生命的庄严！

哦，我的水灵的南方的故园，我的神明的北方的圣土！

玫 瑰 海

对于鼓浪屿，这个充满音乐、花香、阳光和诗句的翡翠般小岛，我的钟爱独独在她的忧郁。

我从小在岛上长大，未曾体验过她有怎样的温馨和诗意。在我的童年，我家在一条小巷里。那正是日寇占领鼓浪屿的时候。太平洋战争爆发，父亲被阻隔在菲律宾，侨汇断了。每天，母亲给人洗一大盆衣服。有时她会从浸满脏衣服的肥皂水里，腾出一只湿淋淋的手来，掏出一张小钱，让我去买一块"北仔饼"（烧饼）。走出巷口不远，就有一幢幢彩色玻璃镶窗的红砖小楼，从矮矮的围墙攀出各种不知名的花来，如灯笼，如项珠，如星星灿灿的宝石，站在墙头冷漠骄矜地望着你。我默默从它跟前走过，不去看它。那花是别人的，与我不相干。有一回因为贪玩，我一路跳着拍打墙头上的花叶，路过日本兵的岗亭时忘了停下敬礼，被狠狠掴了一巴掌，怀里的"北仔饼"也滚出好远。我忘了脸上热辣辣的疼痛和羞辱，赶紧捡起饼来，拍打去上面的泥沙。回来的路上，竟迁怒于墙上的花，更狠地跳起来拍打它们。在我的童年里，一块"北仔饼"带给我的快乐，甚于那些叫诗人写了一本又一本的花呀草呀。大海有时湛蓝有时浑黄，可是夜半漫上我枕边的，都带着狼嗥般的呼号。一闭上眼，我就会看见一株株高大威严的树，被踏浪而来的九月的台风刮得像醉汉，像披散长发的疯妇，哭啸着来敲我的后窗……

是的，再美丽的地方，也会有不美丽的人生。

后来我读了师范，生命和岁月一道进入春天。学校占据着临海的一大片别墅式的建筑群落，还有一个划归其中的海水浴场。晚饭后，我们沿着原来的万国俱乐部蜿蜒曲折的柏油小路，向海边走去。在萧萧的热带林木中，听晚潮拍打在岸堤上，溅起几米高的浪柱，轻松而欢快地唱着一支又一支忧伤的俄罗斯民歌。我开始感到从海上走来的五月的晚风，拂在脸上那种微痒的轻柔，内心也萌生着对于温馨和诗意的怀恋。不过，这种怀恋很快就被50年代初期风靡全国的豪情所淹没。对于一个十五六岁的少年，那是一个多梦的季节。我的向往在边远的高山、荒僻的大漠。那是一种对于生活粗犷的创业的渴望，以至对于小岛过分的温馨和恬美，享有它会感到是一种有闲者的罪愆。

在我还没有开始领受小岛给我的诗意时，我的刚刚被唤醒的审美意识就熄灭了。

及至二十多年之后，我走过了许多北方和南方的高山大峒、荒乡僻村，并且经历了自己的坎坷人生，重新回到故乡，在她面临大海的一幢小楼住下来，才开始领受青年时代未及享有的温馨和美。不过这时，在我的灵魂，她给我的诗意却含有一丝忧伤。每当清晨，我随着人群登上日光岩顶去看日出，会感到那从云层中挣扎升起的初阳太艰辛，被染成一片殷红的大海，说不定是它付出的血的代价。每到黄昏，我在退潮的沙滩踯躅，海在远远的地方喘息，我会觉得它像一个凄怆的老人，依在礁石抚摸心灵滩涂斑驳的伤口。而在月夜，当我从寂静无声而异香浓郁的小巷走过，我会猜想那一扇扇彩镶玻璃窗后面，隐约的灯光在叙述一个怎样艰辛而多变的人生故事……我常对远道而来，背着照相机，匆匆登上日光岩，就想摄下鼓浪屿魂魄的异乡朋友说：住下来吧！不在鼓浪屿住一阵子，不在她的晨光流岚中登山，不在她的晚霞暮霭中步海，不在她弥漫花香和乐声的月夜去敲开一扇两扇紧闭的窗户，你永远不会懂得鼓浪屿。

我写过一点诗，给我生命中经历过的山水、风物、人情。我常常遗憾，未曾给故乡这片海写过一行诗，一行没有忧伤的诗。

终于有了一次机会。

一天，一位朋友告诉我，在港仔后的外海上，泊着一艘三万吨的远洋轮，船长是位三十多岁的英俊小伙子，集美航专毕业的，已有十几年从太平洋到大西洋的海上生涯。他上船参观过，那船身通体洁白，船头却烫着一个火一般的名字：玫瑰海！

哦，玫瑰海，多么好的名字。从童年时代开始朦胧在我心中的对于故乡这片海的一种奇异、神秘的感觉，仿佛都为这三个字唤醒了。

我真想写一首诗。

从厦门回鼓浪屿已是深夜。在轮渡候船的时候，我注意到岸边有一对情侣，喁喁不绝。男的穿着洁白、笔挺的海员服，戴着大盖帽，黑的肩章和金的缨穗，在白色上装的映衬下，显得更加英俊、精神。女的穿一套淡青色乔其纱连衣裙，微风轻轻掀动她的裙裾，有如水手帽后那两根飘带。离他们不远的缆柱上，系着一只汽艇，显然是等着接这位海员。不过它并不急切，任他们的话像舷边浪花的絮语，径自在水面微醺般地浮荡着。那晚有很好的月亮。月色从海上弥漫开来，像是雾，轻笼着岸，又像是霜，薄薄地敷在船舷上，敷在这一对恋恋不舍的情侣肩头……

回到住处，我从窗口望去，果然在朦胧月色中有一艘远洋轮泊在那里，船上几丝灯光有如星光，在月明如昼的海上淡淡闪烁着。通体洁白的船身息在月光中淡青色的海面上，看不清轮廓。一切恍若梦中。这时的海充满母性，那巨大的船身有如婴儿，恬睡在轻轻摇荡的母亲怀中。或许正是这恬静，越使我想念它那火一般烫人的名字，想念它曾经走过的风波历程。我想，我一定要去看看它。

第二天，我起得绝早，要去看看那艘"玫瑰海"在日出时候被初升的太阳染得遍体殷红的模样。这时海正退潮，斑驳的海涂露出嶙峋的礁石。我登上最高的一块礁石，空旷旷的海已经找不到"玫瑰海"号的踪影——它在黎明到来之前就起航了。在昨夜月光缥缈的地方，粼粼的水波漾动着血一般殷红的光芒，几只白色的海鸥掠过，犹如一片流荡的火，一直连到我的脚下……啊，这是一片真正的玫瑰海！

不知道为什么，我有种若有所失的抑郁。我突然想起昨晚候渡时遇到的那对情侣。或许他就是那位英俊的船长，在远航之前向他亲爱的人儿告别。我想此刻，在某一扇为灼热的热带花木掩映的窗口，也一定会有一双更为灼热的眼睛，在瞩望这片船影消失了的真正的玫瑰海……

我心中升起一句默默的祝福。

一个多月以后，我已经离开了鼓浪屿。在嘈杂的日常事务中，打发着一个个烦乱的日子，念念心中的那首诗，终于没能写成。一天，我翻阅报纸，偶然从文字夹缝里读到一则一百多字的简讯，说是有一艘叫作"玫瑰海"号的远洋轮，在红海触礁沉没了……我的心像被电灼了一下，揪成一团。我不相信这艘"玫瑰海"号会是我曾经认识的那艘"玫瑰海"。不是，一定不是。但我又不敢去证实。我害怕那在梦一般的月光中与我相逢的"玫瑰海"会从我的生命中消失。然而，我又时时感到，那双在窗口瞩望，等待"玫瑰海"归来的眼睛，已经蒙上了云翳，失去了皎月般的澄明……

是的，"玫瑰海"失落了……我心中的玫瑰海！

很长一段时间，我一坐下来就心神不宁。直到有一天，我把这段交织着复杂情感的灵魂际遇，写成一篇散文式的抒情短诗，才像得到宽恕一般地宽慰着自己。我作诗不多，不过对这一篇似乎特别钟爱。

后来我把这首短诗，连同其他几篇，合成一组，交给我十分敬重的一位编辑。几个月以后，刊物出来了，只用了开头三章，却没有用这篇压卷。我又把余下的几篇寄给另一家刊物。很快收到回信，说已送印刷厂排小样。又半年多过去，未见小样和刊物寄来，去信查询，才知稿子在印刷厂丢了，嘱我另抄一份寄去。我记得还有一份初稿，可怎么翻箱倒柜也寻不着，才想起不久前清理杂物，把一堆废稿子都烧了，这篇诗稿怕也在其中。

现在，连我心中的玫瑰海，也失落了。

抑郁又一次袭击了我。我曾经好几次想重新执笔，但怎么也找不到当时的感觉和语言，更深地浸透着一种憾疚的情绪。就好像那天早晨，站在退潮的沙滩，望着船影已经消失了的那片空荡荡的玫瑰海。我也曾把这段感遇告诉一些写诗的朋友，后来陆续读到他们据此而写的诗和散文诗，但总感到那不是我的玫瑰海，我的玫瑰海再也找不回来了。

至此我才相信，失去的东西是找不回来的；即使找回来了，也不是原来的东西。人生是一个过程，总在不断地寻找、失落、再寻找、再失落……如果说"寻找"是一种存在，那么"失落"也是一种存在。每一次复始，都是一次更深刻的体验。

我决心让玫瑰海永远只留在我的心中。

现在，当我回到童年生活的鼓浪屿，我不再以当年未及享有她的温馨和诗意为缺憾，而希望重新去获取它。不，未及享有也是一种享有，这是生活。我愿意我余下的人生旅程经常有一种憾疚，因为它意味着生命尚未凝滞。那么我可以说：我在生活着……

这或许是我唯一能献给故乡这片浸透我灵魂的海的一句诗——一句未能抹去忧郁的诗！

钟 情

——鼓浪屿华侨亚热带植物国际引种场记事

琴声是这座小岛的骄傲。

有人作过统计，就密度来讲，鼓浪屿的钢琴居全国第一。在落日的黄昏，在宁静的月夜，弯曲的柏油小路深处，从花木掩映的小楼里，伴着一阵浓郁的花香，会突然飘出一缕琴声，或者是贝多芬的命运之神，或者是肖邦的祖国之恋。不知是那沾着浓郁花香的旋律，还是弥漫着悠扬琴韵的芬芳，使你如痴如醉。其实，在鼓浪屿，琴声与花香是一对孪生姐妹，都是这座海上花园的瑰宝。有人统计过钢琴，可是有谁知道鼓浪屿究竟有多少种花，热带的、亚热带的、温带的，在无论冬晨或者夏夜，到处芳香漫溢？

有，去问问李芳洲。

对于久居鼓浪屿的李芳洲来说，琴声和花香都渗透在他的生命里。他太太是一位音乐教师，弹一手好钢琴，几个儿女都秉承了父母的天赋。他自己则是个植物工作者，鼓浪屿华侨亚热带植物引种场的副场长，大半生都和这激情洋溢、花果硕大的亚热带植物打交道。他的家就坐落在鼓浪屿两座著名的花园之间，面对港仔后，背靠日光岩，每日里琴声和花香交相飘漫。

然而，也有琴声喑哑、花香索然的时候。

不过，如期归来的春天，又把琴声和花香归还给了每一个钟情于生活和祖国的人了。你听，他那索寞多年的窗口，繁花初绽，悠悠飘来的一缕琴声，如歌如诉，在讲说些什么呀？

一

贝多芬的《悲怆奏鸣曲》，沉郁而激愤的旋律。是谁在弹奏？自己的小女儿吗？

李芳洲靠在那由二楼阳台改建的小书房的藤椅上，沉湎在琴声所叙述的意境里。

案头一封香港来信，邮递员刚送来的，稔熟的笔迹，撕开，落出一张只有三指宽的窄窄的便笺，抖颤的笔画写着短短的几行字：

我将负病往厦门会晤故旧。否，老命难免不久于人世……

他的心紧缩起来。看看信末，是老人一丝不苟的亲笔签名：刘毓奇。就在去年年底，他收到过这位爱国华侨老人的另一封信。那时候他大病刚临，已经偏瘫。信是老人口述由别人代笔的，语气一派怆然，叙述他经过这场意外的劫难，心已破碎，如今漂泊海外，又身染重病，看来归国无期，只好抛尸异乡了……没料到只半年时间，老人大病初愈，便毅然决定以七十四岁高龄踏上风波归程，来看望他曾经为之抛家别妻而献心尽力的乡土故人了。

　　一个星期以后，李芳洲去看望在女儿、女婿和医生陪护下搭乘"鼓浪屿"号由香港归来的刘毓奇老人。刚走进华侨大厦那装饰华丽的大门，就被原先在引种场当工人，如今在这里当了花匠的一位熟人叫住，那人悄悄把他拉到一旁，说：

　　"你来得正好。刚才毓奇伯还问起你呢！"

　　"哦，都说什么？"

　　"他把我叫到一边，看看周围没人了，才悄悄问我：'那个引种场还在吗？'我告诉他：'已经恢复一年多了，你要回去看看吗？'他又问：'芳洲兄还在场里吧？'我说：'在，现在还是副场长……'"

　　听到这里，李芳洲不知怎的感到鼻子一阵发酸，眼泪忍不住要滚落下来。老人的心哪，依然紧紧贴在引种场上。他理解，老人不敢在众人面前问起引种场，是害怕经受不住突来的失望……

　　现在，曾经为引种场的建设付出许多心血的刘毓奇老人，决定渡海来看看这片他寄予深切厚望的园林。这也许是他有生之年的最后一眼了。李芳洲先回到场里。他沿着蜿蜒的柏油小路，登上了这繁花密枝层层掩映的小小山头，俯视脚下深红浅紫依次展开的一片绿色的波涛，心头百感交集。他将给老人看些什么呢？这片凝聚了无数海外赤子深情的土地，这无数未被风雨击溃，又在新的阳光爱抚下艰难复苏的绿色的生命……

　　什么时候悲怆的旋律突然涌进一个欢乐而昂扬的乐句？啊，他想起来了——

二

那是一个多么火热的年月！

1958年，街头不断涌过的报喜锣鼓冲开了周才喜紧闭的门窗。这个二十出头的印尼侨生，正被疾病困在家里。他离开了大学的阶梯教室，离开了心爱的生物学讲义，离开了他和老师、同学一起搞起来的亚热带植物标本园，病休在家。但是，"大跃进"的锣鼓又把他的心从休学的困顿中带走了，带到那沸腾的生活激流里。

他每天跑侨联，跑科委，跑园林管理处，提出了一个让人大吃一惊的倡议：利用厦门广泛的海外联系，办一个专门引进亚热带植物的试验场！

1958年，本来就是一个理想和空想错综交织的年代。周才喜这个充满想象力的倡议，在他实干家的努力与奔走下，却奇迹般地实现了。在费了无数口舌，也碰了无数钉子之后，他的倡议终于获得了厦门市侨联的大力支持。一位热心的爱国归侨——厦门市侨联副主席汪万新先生，最先被这个厦门大学生物系二年级休学生的热诚打动，他主动拿出自己四千元积蓄，以厦门侨联名义，支持周才喜筹办试验场。

1959年春节刚过，鼓浪屿鹿礁山下，一块两亩左右的菜园子里，一间土坯垒成的小屋中围聚了六名归侨青年。热气腾腾的议论之后，在汪万新的率领下，一行人拔走了那些残剩的越冬菜蔬，犁开第一道垄沟，播下了周才喜从一些归侨手中要来的亚热带植物的种子。正是春寒料峭之时，当人们还在翘望第一缕春风吹开满园桃李时，一朵异香飘漫的南国新卉最先报春了。

开始创业的日子是艰难的。除了两户合并进来的菜农，他们六人不得不暂时不领工资。但大家依然干得热火朝天的。每天，越过试验场新打的短墙的，不仅有使过往行人艳羡的南国花果的奇异馨香，还有让人听来心头热乎乎的欢歌笑语。

那时候，每年都有许多华侨回国。周才喜充分发挥了他的"外交"才能。他给自己在海外的亲友写信，动员场内外的侨生写信，亲友再转致亲友，告诉他们，在祖国东南花园小岛办起了一座这样的试验场，祖国的土地等待着浸满他们爱国感情的异国的种子。由此，打开了广泛的引种通道。满怀爱国热忱的华侨，在他们踏上归程的时候，大箱小包里总要捎上一点他国异邦的苗木种子。像他们离乡背井时总要在胸口揣上一包"乡井土"一样，他们归来时也要给祖国广袤的土地增添一点侨居异域的纪念。

不到两年，仅两亩的试验场花木簇拥，已经容纳不下海外游子归来的一份份深情了。

1961年，当李芳洲调来筹办一个以国际引种为主要任务的亚热带植物引种场，把这个小小的试验场划归属下时，他从周才喜手中接过的就是这样一份宝贵的财富。他们不是如国内其他引种单位那样依赖国家的投资，通过外交关系进行引种，而主要是依靠广泛的华侨关系和他们的爱国热忱，开拓一条新的引种途径。1962年，中国科学院院长郭沫若来引种场视察时，高度评价了这一创举。

现在，当人们回忆试验场最初这段创业史时，都对周才喜充满了怀恋之情。1974年，在日趋一日的紧张氛围中，周才喜再度出国了。十六岁就随周才喜一道从印尼回国，也是试验场六名创业者之一的他的爱人林菊花，临走之前拉着她的挚友，现在还在引种场的另一位最初的创业者苏淑仁的手，垂着泪说："我们回来的时候，从没想过有一天还要再离开祖国。但是我害怕呀！我们的走是迫不得已的。希望有一天能再回来……"

他们是垂着泪一步一回头跨过罗湖桥的。祖国啊，原谅你的儿女吧！他们胸中对母亲钟爱的火焰没有熄灭，也不会熄灭。如今，俨然已是一位涵养有素的大姐的苏淑仁告诉我："凭我们二十年的相处，我了解他。才喜对于祖国钟爱的心是不会死的。现在，他们夫妻住在九龙，靠养肉鸽和种蘑菇为生，很怀念试验场的那些日子。不久前还给侨联寄来他们培育的速生型肉鸽的新品种，希望祖国推广。他们的心还和祖国连在一起。"

载着亲人深情的鸽子，已经在祖国温馨的春风中飞翔了。什么时候，那满含伤心离泪的远行者，也和鸽子一样归来呢？

三

李芳洲把心血和年华托付给祖国亚热带植物引种事业，是在60年代初期。他和刘毓奇的深交，也在这个时候。

其时李芳洲四十多岁，正值盛年。1942年他从协和大学园艺系毕业，一直没能从事自己心爱的专业。他教过书，从过商，那都是一些混饭碗的行当。新中国成立时，他正在香港。新中国诞生的喜讯使他振奋不已，又勾起多年旧梦。当即，他不顾亲友劝阻，匆匆踏上了归程。党和政府按他的专长安排他在厦门市园林管理处工作，爱人也在中学任教。自此他的生命里才真正有了花香和琴声。他感激党的知遇之恩，渴望所学能于国计民生有更直接的贡献。1961年，组织上满足了他这一愿望。

这一年，人们不得不吞食三年前那场盲目跃进所结下的苦果。尽管这样，党对新兴的引种事业却倾注了极大的关怀，从鼓浪屿英雄山下拨出了两百亩土地作为办场的生产、实验基地。两百亩，对于鼓浪屿这座寸土寸金的海上花园而言，需要多大的远见和魄力！难怪有人对李芳洲开玩笑道：你是鼓浪屿最大的"地主"啊！

创业难，在这样困难的时候创业，尤难。

一天，他接待了一位来访的新加坡华侨，沿着栽满半壁山坡的亚热带经济林木、粮油作物、香辛植物、糖料植物、饮料植物和果树，一方方看去。这位客人五十岁开外，西装革履，是位对亚热带植物十分熟悉的行家。当他们来到一片油嫩疏松的苗圃前，见几个工人正宝贝似的把手中几粒油棕种子埋进土里，客人心生好奇。李芳洲告诉他，国家食用油紧缺，他们想引进一些木本油料，解决人民的急需。

"怎么就只种这么几粒？"

"难弄哪！一粒种子花二十美分的外汇，人家还不肯卖。你瞧，好不容易才从海南岛那儿匀来几颗。"

客人一听，沉吟良久，才说："这个，让我来想想办法吧！"

几个月以后，客人又来到引种场，兴冲冲找到李芳洲，交给他一张取货单：两千斤油棕种子。

两千斤，整整一吨！如果以粒算，那将是多少？种子从马来西亚辗转几手经香港运回来。在祖国有难，在一些国家对我们搞禁运，千方百计在引种上卡我们、榨我们的时候，华侨同胞依靠个人的资金和努力，把珍贵的两千斤种子捧到祖国母亲面前，这是一份多大的情意啊！

"侠肝义胆！"李芳洲忆及这段往事时，忍不住这样赞叹道。

这位新加坡华侨便是刘毓奇先生。

　　他们就这样结成至交。1963年，刘毓奇把留居在新加坡的妻女也接回国，一门心思扑在祖国的引种事业上。他几经出国，利用自己在海外的财力和影响力，从东南亚、日本到美洲、澳洲，发动华侨，募资捐款，为祖国的引种事业作出了令人难忘的贡献。如今在我国南方普遍繁殖推广的三叶橡胶、黑荆、肯塔基州兰草等，无不凝聚着他的深情。十年动乱初期，有人对刘毓奇在困难时期归国的动机百思不得其解，并由此想当然地推导出种种罪嫌：想想看吧，这个在新加坡有着偌大家业的华侨巨子，放着舒服的日子不过，偏赶在国家困难的年月孑然一身归来，不是别有企图是什么？……然而人世间的事就是这样复杂，岂是一种简单的形而上学的逻辑所能解释的。刘毓奇不能忘记：1954年，他作为星马华侨归国参观团的一员来到北京，在一个深夜里听到周总理的侃侃之谈，在他生命里所引起的变化。那是一粒火星，把他心中几十年积郁的家国情怀全都点燃起来了。是的，他在新加坡有事业，有家产，但他是中华儿女，他应该回到祖地，他不能老在别人的天空开花。叶落归根，他总该回来的呀！盼了几代人，才盼到这样一个崭新的国家。他把这视为自己这一代的幸运。几度申请，恰是在这个国家困难的年月里批准。走不走呢？有人劝阻，有人警告，那时中新关系尚颇紧张。他知道，一旦离开，便不许再回来了。但他义无反顾。他想，或许正因为国家有难，才更用得着自己，这不又是一种幸运？！那些动辄以"卖国"整人的人们，你们知道什么叫作爱国吗？

　　怀有这样一颗赤子之心的何止刘毓奇一人！在引种场创建的最初几年，在他们引进的每一种植物里，哪一颗种子、哪一株苗木背后，没有一串感人至深的故事？引种场有一册厚厚的本子，记载着每一位植物捐赠引进人的名字，通过他们的努力，引种场在几大洲拥有数百个引种点。可惜在十年动乱中，这册本子被当作"座山雕"的一份"联络图"给烧掉了。但是，祖国海外赤子的这份深情的历史能烧毁吗？

也是在困难的年月，一位风尘仆仆的华侨找到了引种场。他衣饰典雅，肩头却极不相称地扛着一个大蒲包，一进门就急急要找负责人。李芳洲把他请进会客室，询问再三，那人才将肩头的蒲包放下，解开，呵，是满满一蒲包的蕉种。一串一串，形如牛角的煮食蕉，状似手指的鲜食蕉，青葱鲜翠，没有一点碰伤。

"我刚从印尼回来，才下的船。这些食用蕉都是速生良种，栽在房前屋后，可以聊济燃眉之急……"他大汗淋漓，急切地说。原来这次归国探亲，他什么都不带，就带这一大蒲包蕉种。上船的时候，印尼海关检查人员十分诧异，翻来覆去地盘问，他都是一句话："老家母亲病了，这蕉种驱热解毒，是专程带回去给母亲治病的……"

是的，是母亲欠安了。祖国——母亲啊！

他走了，甚至连名字都没有留下。但是这份儿子的深情却永远烙印在祖国母亲心中。

引种场的工作就是这样依靠祖国无数海外赤子的深情，蓬蓬勃勃地展开。几年间，他们引进了包括粮油、林木、果树、香辛、饮料、糖料、药用、胶类、纤维等十二品类二百八十多种热带、亚热带植物。连见多识广的郭沫若到这里视察时都感到大开眼界，兴味盎然地提笔为他们题词：

> 面包树与糖棕，今来鼓浪屿始得一见，希望在同志们的努力下，能做出成果来。

这是引种场生机勃勃的春天，也是李芳洲心中那飘溢着浓郁花香的琴声最欢快的一个乐章。

四

然而，琴声却在这里戛然中断了。李芳洲常常噩梦般地想起他的爱妻封存钢琴，陪着自己度过人生低谷的日子。

起因是一件小事，但灾难的到来却有它历史的必然。1964年，刘毓奇捐赠给引种场一台英国奥斯登小型柴油机，引种场准备用它装配一艘快艇，以便直接从厦门码头接运种苗。不过，这一年不断绷紧的那根阶级斗争的弦，已经使通过华侨渠道进行引种的工作濒临停顿，快艇也始终没有装配起来。李芳洲为此吃尽了苦头。

1971年，李芳洲还被关在"牛棚"。

曾经带给他以生活信念的琴声和花香没有了。窗外春雨绵绵，屋里寒浸浸一股潮气。往年这个时候，正是播种时节，一场春雨或一缕艳阳，都会给他带来极大的喜悦或忧愁。现在什么感觉都没有了。恨，不敢；爱，也淡漠了。去食堂打饭，常会发现谁在他的碗里埋了一块肉。但他也只用茫然的眼神四顾望望，回应那些同情的目光。他甚至怀疑自己的感受能力退化到零。脑子里一片空白，时时像在做梦，又时时醒着。

一个春雨夜，却把他震醒了。

一道闪电跟着一声惊雷，电闪雷鸣的间隙里传来轻轻的谈话声：

"真他妈的，下这么大的雨，明天还得去引种场挖种苗。"

"管他娘的，下得越大越好。反正引种场是砸烂了，趁机去捞点东西，以后划给了林业部门，想再去拿点什么就难了。"

砸烂！李芳洲猛地一震，仿佛那声惊雷就落在他的头上。引种场是多少侨胞心血和情爱的寄托啊，怎么能轻易地砸烂？许多遥远的、昏蒙的记忆，突然又变得亲近而清晰……

记得有一回，他收到从南美洲寄来的一个包裹，精致的包装一层套一层，拆到最里一层，是红绸织绣的一个香符袋，里面盛着十几粒珍贵的种子。附有一封信，写道："这是祖父被卖作华工离乡时，曾祖母佩戴在他胸前的一个香符袋，里面盛着一包乡井土。祖父去世时乡井土已经撒在他的坟头，却把这个香符袋留给了我们，希望有一天再盛一包异乡土带回故国。现在我们用它装一袋种子寄回祖国，让祖父的心愿和这些他劳作了大半生的种子在故乡的土地开花。等有一天我们回来，再在它的上面撒一把浸满祖父血汗的异乡土……"现在，种子已经长大，它还没等到那一把泥土却要被砍掉。被砍的不是引种场，是海外儿女眷念祖国的心哪！他强撑起来。夜，黑乎乎的，雨还下着。他要到"革委会"去，告诉他们：不能砸呀，不能砸！祖国还需要引种，社会主义建设还需要引种。砸碎了的心，是补不起来的呀！……他想起这些年，引种场是为社会主义建设作过贡献的。那一年，他去上海开会，华东科委的负责同志告诉他，国家急需一种生育期短而产量高的水稻新品种，问他们能不能想想办法。他应允下来，而且很快就把这个种子弄到了。这就是60年代初期为我国农村推广水稻连作制、闯过亩产千斤关立下汗马功劳的"科情三号"。为此，他们还得到了华东科委的嘉奖。在引进这一良种时，热心的引种人却冒着身家性命的风险。种子带到香港，他们前脚刚离开旅社，后脚就受到特务的袭击和搜查。正因为这样，他们的事业受到党和国家的尊重和关怀，许多人惦记着。他还记得，当时还是中联部部长的方毅同志，有一次出访非洲，所在国的领导人送给他几枚著名的非洲牛油果，方毅同志立即想起故乡的这座引种场，托人千里迢迢把牛油果捎回鼓浪屿交给他们繁育。

"不能砸呀！"他艰难地走着，穿过风雨，爬上了台阶，敲开了灯光昏蒙的办公室的大门……

当然，这一切都是徒劳。后来李芳洲回述这段往事时，只是淡然地付之一笑，说它充其量不过表现了一个知识分子的愚偄。但他仍然感到奇怪，本来以为自己已是万念俱灰了，为什么突然会有这样的勇气和力量，不顾一切，去和当年无法逆转的潮流作最后的抗争？

其实，这正是一个人对他的祖国、他的事业钟情的秘密。

五

1978年，亚热带植物引种场恢复运转。站在山头上，李芳洲潸然泪下。

不，这不是当年的那个引种场，不是！

荒芜。荒芜。昔日多么繁茂、喧闹的山坡，现在一片寂寥。那层层串联的自流灌溉系统，拆毁了；玻璃暖房，砸烂了；各种实验仪器，不见了；好不容易积累起来的数千号亚热带植物标本，失散了。最伤心的是二百八十多种已经成活的引进植物只余下四十多种。据说当年砸烂时是能挖的就挖，能拔的就拔，谁高兴要谁就拿去。

但也有拿不走的，那是人心。

听说引种场复办，许多已经四散了的老场员都希望再回来。站在山头上，李芳洲突然发现，半壁山坡上当年一些不惹人眼的小苗已经长成了高大乔木。瞧，那一株株劲挺的是危地马拉油梨和墨西哥马拉巴栗，那郁郁葱葱枝干入云的是珍贵的南洋柚木和桃花心木，当年四散栽植在石罐中的苏门答腊合欢已经连成欢欢闹闹的一片繁花了……历史有幸，穿过岁月的风雨，这些侥幸存留下来的植物长得分外葳蕤，仿佛要证明这些异域种苗一旦植根祖国的土地，便有了异常顽强的生命力。

习习春风在祖国的大地上行云播雨，重新抚慰受伤的土地和心灵。

党的十一届三中全会以后，政策逐步落实。组织上把李芳洲送到鼓浪屿干休所疗养。啊，多么宁静的林荫小路，多么宁静的花影交叠的小楼、海风和阳光。他多么希望能够这样宁静地度过余下的晚年。然而，在宁静的夜晚，那些绵密、繁闹、开着硕大花朵的亚热带植物，却闯进他的梦里，和干休所窗前那些同样绵密、繁闹、花叶硕大的林木纠缠在一起，使他的梦变得不宁静了。他才明白，此生此世他是无法离开自己钟爱的亚热带植物了。他拿起笔来，用在干休所疗养的八个月时间，写了一本十万字的《福建亚热带植物初探》，老植物学家、全国科普作协副理事长贾祖璋为这本书作序，高度评价道：

李芳洲同志研究亚热带植物，主持引种植物园工作，历有年所，学识经验，两俱丰富。现在写成这本《亚热带植物初探》，较全面而又有选择地叙述了适宜于福建生长栽培的各种亚热带植物，弥补了出版物中一个空白，是我国第一本比较有系统的有关亚热带植物的著作。

这本书的写作，使李芳洲的内心重新获得了平衡。回顾过去的十年，有的伤残，有的陨落，他觉得自己应该像那意外保留下来的高大乔木一样，以累累的果实证明自己真诚的生命，不负党的春风雨露和祖国土地的养育之恩。

他回到引种场来了。

重建往往比初创更难，主要是受伤的心难以弥合。但是，也并非不能弥合。有时候悲愤能产生一种更加惊人的力量。

1979年有一位华侨来访。在引种场兴旺的那些年月，他通过各种渠道多次寄来了珍贵的种子。十几年后，他回国了，以为这些种子该郁郁成林，硕果累累了，专程跑来看望。第一眼当然是失望。接待的同志告诉他：别难过，"四人帮"就是这样糟蹋党和人民的事业的。但是，希望是毁灭不了的。接待人员拿出一沓照片，那是引种场推广到各地的亚热带植物——其中也有这位华侨寄回来的种子，的确已是郁郁成林、硕果累累了。接待人员说："在世界的引种史上，几十年上百年能引进推广一两个新种，就是很大的成绩。引种场只有短短的历史，虽遭劫难，成果还是丰硕的。你看我们的副场长老李，他对引种场付出最多，受的挫折也最大，但从不灰心，依然兢兢业业地干……"

这位华侨感动了。再看一眼引种场，老树浓荫蔽日，新苗茁壮成长，眼睛变得深沉了。临走时他激动地说："只要祖国在，希望就在。挖去的树苗，还可以再栽起来，需要的种子，我们可以再弄回来……"

祖国啊，这就是你的儿子！

几百年来，他们离乡背井，远别故土。但是无论漂洋过海，走向什么地方，他们怀里总揣着一包乡井土，一份故国情。中华民族就是这样一个民族，有着极大的向心力。而祖国，就是磁极的核心。无论在地球的哪一端、哪一角，他们的心都向着祖国。在昌盛的年代，在艰难的时刻，他们对祖国的爱都一样忠贞不贰。有时他们也可能遭到误解，受到猜疑，但这些都不能淡化他们对祖国终生不渝的热爱之情。祖国啊，难道不该为你这样的儿子唱一支颂歌吗？

是的，琴声变得深情而热烈了。李芳洲又搬回他那幢坐落在花园中的红砖小楼，飘绕在他窗口的琴声仿佛也获得了新的生命，热烈里寄寓着一种深沉。他沉湎在琴声中。那是谁的曲子？带着海涛撞击礁石的那种猛烈的轰响，浪涛撞碎了，大海却不止息地又聚集着新的力量，气势昂然地重新向礁石撞来……这一定是贝多芬的《热情》，他多么喜爱的一支奏鸣曲：一颗热烈的灵魂，一支献身的激情的颂歌！

他记起刘毓奇老人临别的情景。

那两天老人变得沉默不语，也不思饮食，两眼常常含着泪水呆呆地望着什么。似乎当年重离祖国也没这么难受过。动身之前，他庄重地把前来送行的亲友都叫到身边，将他们一个个重新介绍给自己的女儿、女婿，然后说："鼓浪屿这个引种场，我是付出过心血的。我爱引种场，因为我爱我们的祖国，几辈华侨都盼望祖国强盛起来。现在我老了，关心它的日子不长了。今天当着老李和众人的面，我要你们记住，我的这个心愿就交给你们了……"说着说着，突然老泪纵横，孩子似的哭起来。

这是老人离开祖国前的最后一席话，仿佛如这支奏鸣曲般热情涌动。那么，自己生命的最后一个乐章，不也应该有一个意蕴深长的高潮，像这支奏鸣曲一样吗？

李芳洲又开始了自己生命的春天。

引种场也进入一个中兴的年代。昨天损失的，将在今天得到加倍补偿。由于党和政府的关怀，重建后的引种场，已不仅是一个科研、生产基地，还是一个旅游胜地，将为鼓浪屿这座海上花园增添一个风光旖旎的去处。五百平方米的玻璃暖房已经盖起来了，自流灌溉系统和连接各区之间的水泥路已经铺筑起来了。一百多种新的亚热带植物在这里落户。它又重新成为四面八方的华侨萦系祖国的一颗璀璨明珠了。

如今，李芳洲每天走在这条被南国花木掩映的柏油小路上，站在小小的山头上，他有一种感觉，好像面前展开的是一支多么庞大的交响乐队。劲挺的南洋杉和澳大利亚松奏着昂扬的高音，遍布山坡石罅的苏门答腊合欢和南洋楹是柔媚的女声，躲在荫棚里的利比里亚大粒咖啡和加纳可可蕴含着一种低沉的甜蜜，而栽植在新修水泥路两旁的华盛顿棕榈和皇后葵则像是装饰音，透出一排明亮的色彩。他觉得自己也像是一棵苗木，经过休眠期，现在又到了春风化雨的时候，该汇入这交响大合唱，为祖国奏出花香浓郁的旋律了……

啊，花香花香，钟情的琴声在呼唤花香！

后 记

我出生在一个世代过番的华侨家庭。在我的感受里，所谓华侨，是飘在异国天空的风筝，虽然有线紧紧拽在故国亲人的手中，但长年累月的风雨漂泊、电劈雷击，最终绝大多数只能跌落在异国他邦的土地上。

我的家庭、我的家族，就是这样。

除了少数业有大成的著名华侨，这是许许多多普通过番者的宿命！

岁移月迁，历史终结了我们这一代人过番谋生的命运。然而，一日为侨，终生是侨。即使回到祖邦，仍是"归侨"，而未曾出过洋的子女眷属，亦是挂在"侨"字下的眷属——侨眷。这是中国传统大社会中的一个特殊的群体，这一群体构成一个叫作"侨乡"的特殊小社会。侨是一种身份的界定。对于成功华侨，或许含有一点崇拜和羡慕的成分，但在某些特殊的年月，它却如驱不走的一团乌云，罩在头顶。

我从小就经历着华侨家庭的种种聚合离散、悲喜酸辛。在我到了本该过番却没有了过番这一说的年岁，我有幸负笈北上，读书工作，却不幸绕不开"侨"的阴影。我在浪迹山区二十年之后，才借助历史变革的一息契机，重续本已绝望了的学术机缘。在我渴望追回和补偿失去的青春的后半生中，直到年近耄耋才退休回到故乡，回到亲朋故旧的深深亲情之中。

我感受到自己心情的变化。我是越到晚年才越感到亲人在海外谋生的伤离艰辛和他们留下的家后在无助的等待和苦守中的伤痛。这不是我一家的遭遇，而是许多普通华侨和他们眷属的共同经历。我产生了写写他们的愿望，可惜已经有点晚了。我长年离乡，对于家族的一切所知甚少。而今我们这个家族老一辈人，唯有小我一岁的八叔尚还健在，其余都已作古。我无处采访，无法寻知过番亲人更详尽的经历。我不敢正面书写他们，只能凭我童年的记忆和尽可能找到的一点资料，印象式地从点滴的琐细中生发开去，以一篇篇单独的散文，挂一漏万地连缀起我的家族一百多年来过番路上遗下的稀疏脚印和朦胧身影。

本书分为上下两辑，上辑"华侨家世"，写我家族的侧影；下辑"厦门往事"，写我家族百年前从南安乡下迁居厦门后的生活环境，同时希望能借下辑的他人故事，抒自己心中的块垒。

自2021年我的学术对话录《一个人的学术旅行》自费印刷后，因视力原因已决定不再进行学术写作。三年疫情，禁足宅居，使我拥有了大把时间，便拿起笔写点闲文，并对前此相关的若干篇章进行整理，不想却促成了本书的完成。

　　谢谢为我作序的老同学谢冕教授和洪子诚教授；谢谢在我写作过程中帮我提供家族资料和订正厦门史料的刘耿元宗亲和李启宇先生；谢谢愿意出版这本小书的海峡出版发行集团和海峡文艺出版社。

　　最后还要谢谢我家族的所有亲人，是他们让我这次并不轻松的写作变得温馨和顺畅。